Solstrålen från ovan

Solstrålen från ovan

Dragana Stanković

Innehåll

Till världen
Om du hade en chans att göra det rätt.

1

Två skott

En obekant byggnad. Ett starkt ljus lyste ända in i hallen. Där stod jag. Jag rörde mig framåt, ställde mig intill kanten på dörren till en stor sal. Det var många möbler. Två män stod med ryggen mot mig. Jag kunde höra mina egna andetag, tills…

—Tror du att det här är en lek? Va? Hör du vad jag säger till dig? Jag sa till dig att du inte ska leka med oss. Du fick din chans att göra saker rätt. För sådant här finns det konsekvenser.

—Jag lovar att jag inte gjorde något. Någon har satt dit mig. Jag sa inget till dem.

—Tyst med dig! Du är färdig. Seriöst, var det värt det? Det blev tyst i några sekunder.

—Svara mig!

En man stod på knä och tittade ner mot golvet. Den frustrerade mannen som stod ryggen vänd mot mig gav honom en käftsmäll.

—En enda sak. Och vad gjorde du? Ingenting. Men det värsta av allt är att du gjorde många saker.

—Snälla, jag lovar att jag inte gjorde något. Jag sa inget. Jag vet inget om…

Den andra mannen i salen avbröt honom med ytterligare en käftsmäll. Den knästående mannen föll nästan ner på golvet. En tredje röst trädde fram. Jag kunde inte se den här individen. Var kom den här rösten ifrån?

—Städa upp det här.

Den knästående mannen försökte att återfå balansen, för att ställa sig upp.

—Nej! Snälla, jag lovar att jag inte säger något. Snälla, jag har en familj…

Plötsligt kändes det som att hela byggnaden skakade till. Jag tryckte min egen kropp mot väggen. Jag flossade mer nu än då jag sprang ett maraton. Jag hörde verkligen två skott. Jag visste att jag gjorde det. Den röda färgen som spred sig på golvet började att lukta ända ut till hallen. Det var nästan som att någon annan kunde känna den.

2

Väckarklockan

Väckarklockan ringer med ett högt ljud. Vaistina Bogdanovic vaknar upp andfådd. Hon andas med kraftiga andetag, nästan som att hon har sprungit i flera mil. Solljuset sträcker sig över hela parkettgolvet i sovrummet. Det är en härlig höstmorgon i Stockholm. Klockan är 07:00. En vit nyrenoverad bostad med vackra vita himmelslakan som når ända ner till golvet. Det är många detaljer i bostaden. Vaistina kliver upp ur sängen och ställer sig vid sovrumsfönstret. Hon tar sig sedan sakta in till badrummet och kliver in i duschen. Det ljumma vattnet rinner ner längs hela kroppen. Hon sluter för ögon och ser bilder av de två skotten. Hon skakar på huvudet, öppnar ögonen och stänger av vattnet till duschen. Hon sträcker sig efter sin badrock som hänger på kroken. Kroken skulle hon ha satt på vänster sida om duschväggen. Efterklok är ett passande ord som hon brukar tilldela sig själv. Håret vevas in i en torr handduk på huvudet. Hon tittar på sig själv i den stora badrumsspegeln. Hon kliver sedan ut ur badrummet och beger sig återigen in till sovrummet.

3

Plikten kallar- en gång till

Vaistina har fått ett nytt jobberbjudande utomlands. Det här gör att hon kan tillbringa mer tid med sig själv, innan det är dags att åka i väg. Eller kan hon det? Plötsligt ringer mobiltelefonen. Hon tittar över nattduksbordet och ser att det är hennes gamla chef som ringer. Hon är tveksam på om hon ska svara eller inte, men beslutar sig för att göra det ändå.

—Det är Vaistina Bogdanovic.

—God morgon bästa rättspsykologen, sade Martin Olofsson. Martins lekfulla och samtidigt ärliga röst får alltid Vaistina att le.

—Överraskad?

—Inte direkt. Jag har nog den effekten på individer. God morgon Martin. Jag minns att jag slutade att arbeta på verksamheten för en vecka sedan.

Martin kan inte förmå sig annat än att skratta åt Vaistinas förmåga att möta honom på ett skämtsamt sätt.

—Ja, fast inte i våra hjärtan. Vi saknar dig redan. Vaistina, eftersom vi nu är vänner och inte kollegor, har jag något som kan ge dig en underbar kick innan du flyger i väg, sade Martin.

Vaistina ler, tar ett djupt andetag och andas ut. Hon är bekant med chefens röst, nästan som att hon redan kan förutspå att chefen vill henne något.

—Nej Martin. Jag vet att du vill att jag tar mig an något nytt. Nej, nej och ytterligare ett nej. Jag behöver tiden för mig själv nu. Jag ska åka och träna. Vi kom överens, inga fler…

Martin har alltid varit bra på att avbryta Vaistina och likaså den här gången.

—Jag vet, men kom igen. Du är den bästa som vi har haft i verksamheten. Snälla, för gamla tiders skull. Du ska enbart komma in till kontoret och kika lite. Jag lovar att det endast gäller den här dagen. Vad säger du?

Vaistina ler och är en aning frustrerad. Hon söker efter sina träningskläder i den stora vita garderoben. Hon lyckas inte finna dem. Hon funderar på om hon kan ha glömt dem hos sin väninna i går kväll. Hon går bort till fönstret och tittar ut på alla individer som går längs gatan. Utsikten är något mer än vad man skulle kunna önska sig.

—Sist lovade du att du inte kommer att ringa till mig på minst en månad, sade Vaistina.

Martin kan inte låta bli att skratta.

—Kom igen. Jag lovar att det enbart är den här dagen. Okej, vi gör så här. Du får en resa som en extra bonus.

Vaistina går fram till en hylla intill sängen i sovrummet. På den återfinns ett flertal inramade fotografier. Hon lyfter upp ett stort fotografi på hela hennes familj. På fotografiet ler hennes mor och far varmt. Vaistina och hennes bror var relativt små när fotografiet togs.

—Okej, bara den här dagen. En reslängd på tio dagar, innan jul. Just det, första klass. Och inga jordnötter.

—Du kommer att vara oersättlig. Vi ses snart, sade Martin med ett leende.

Vaistina är på väg att ställa ifrån sig mobiltelefonen och fotografiet när det plötsligt ringer igen. Det är hennes bror som kontaktar henne. Vaistinas bror har spelat fotboll sedan barnsben och är en professionell fotbollsspelare. Hon finner det vara underligt att han kontaktar henne så här tidigt på morgonen.

—Vaistina.

—Tjena kära syster! Jag har försökt att nå dig hela morgonen, sade Vasilije.

—Förlåt, jag satt i ett samtal, sade Vaistina med en orolig röst.

—Slår det inte larm på telefonen att det är jag som ringer, du vet big boss.

Vaistina och Vasilije skrattar. Nu inser hon att det inte är något allvarligt samtal. De har alltid haft en specifik relation till varandra.

—Vad ger mig den här äran i dag?

—Nu när du har lite tid för dig själv, tänkte vi att pappa skulle kunna komma på besök. Du vet hur mycket han älskar sin lilla prinsessa, sade Vasilije.

Vaistina skakar på huvudet. Helt plötsligt stiger pulsen och hon blir stressad.

—Tänkte vi? Har ni någon gång funderat på att vi inkluderar tre individer och inte två? Kunde inte du berätta det här lite tidigare, så att jag fick möjligheten att lägga upp en plan?

—Okej, han stannar hos mig under halva vistelsen. Överens?

Vasilije är osäker på Vaistinas svar men han är fortfarande hoppfull. Vaistina pustar ut, tar sig på huvudet och fortsätter att titta på det vackra fotografiet på hela familjen tillsammans.

—Okej. Du får hämta honom från flygplatsen, sade Vaistina.

—Härligt! Jag visste att du skulle bli glad. Vi ses i kväll, sade Vasilije med en lekfull ton i rösten.

Vaistina ler och avslutar samtalet. Hon kastar mobiltelefonen på sängen och ställer tillbaka fotografiet på hyllan. Med tummen smeker hon sin mors ansikte på fotografiet. Klockan tickar, hon beger sig återigen in till badrummet för att göra sig i ordning.

4

Kontoret

Vaistina är på väg till sitt gamla kontor för att träffa Martin. Hon är klädd i klassiska kontorskläder, har klackar på sig med långt utsläppt hår. Det är ett tidigt morgonrus och solen skiner någorlunda. Hon parkerar bilden vid byggnaden och kliver ut. Väl inne i byggnaden hälsar receptionisten Margareta henne välkommen tillbaka. Efter att Margareta meddelat att Vaistina befinner sig i byggnaden, tar hon hissen för att åka ett par våningar upp. Hon kliver in i salen där hon möts av Martin och tidigare kollegor. Alla är glada över att se Vaistina på kontoret igen.

—Välkommen tillbaka! Vad härligt det är att få se dig här igen, sade Martin.

Vaistina ler och fångas av hur alla andra ler tillbaka mot henne.

—Ni behöver sluta att säga så där. Tillbaka för dagen. Fint att alla är samlade igen. Det har enbart gått en vecka, sade Vaistina.

Alla i salen skrattar.

—Så, vad har vi på agendan?

Samtliga i salen vänder sig mot en stor whiteboardtavla som Martin hissar ner. Vaistina är van vid att den här tavlan innehåller en hel del skrift. Det är två fotografier på tavlan. Under de här fotografierna återfinns information, men inte den mängd information som Vaistina är bekant med. Martin pekar mot det ena fotografiet.

—Han sitter häktad för mordet på Luka Kocic, make och tvåbarnsfar. Danilo Milojkovic trettiofem år, 1, 85 meter lång, mörkt hår och bosatt i Stockholm. Inget rapporterat sedan tidigare. Ursprung, serbiskt och kroatiskt. Han har suttit häktad i sex månader i väntan på domen. Övervakningsfilmen visar att han köpte in en revolver fyrtioåtta timmar innan mordet. Man har inte funnit något mordvapen ännu. Jag bör varna dig, han är inte lätt att knäcka. Inte så pratsam, sade Martin.

Vaistina vänder sig mot Martin och möter honom med blicken. Hon vänder sig sedan tillbaka mot tavlan.

—Om allt skulle vara enkelt i livet, då hade vi aldrig haft koder att knäcka, sade Vaistina.

Martin nickar och ger Vaistina en pärm med information kring fallet och ett fotografi på den mördade Luka Kocic.

—Du är den bästa som vi har haft, gör mig stolt, avslutade Martin.

5

Förhöret

Klockan är 11:00. Det är tyst i den långa hallen ner till förhörsrummet, där den häktade Danilo Milojkovic befinner sig. Det enda som låter är väktarnas telefoner och fotsteg. Vaistinas klackar lämnar tydliga ljud efter sig. Väktarna utanför dörren till förhörsrummet nickar mot Vaistina, Martin och de två andra kollegorna David och Simona. I rummet intill förhörsrummet, förbereder sig Vaistina. Hon har tittat igenom pärmen som hon har fått av Martin. En rätt så bekant morgon. Martin tittar på Vaistina med en bestämd blick.

—Vi är redo när du är redo, sade Martin.

—Jag ber om att få dörren öppnad. Jag är redo att kliva in, sade Vaistina.

Med självsäkra steg kliver hon in i förhörsrummet. Där sitter Danilo på en svart stol och har huvudet nedåtriktat mot ett svart bord. På det svarta bordet återfinns två pappersmuggar fyllda med vatten. Vaistina kliver fram och sätter sig på en svart stol mittemot Danilo. Den svarta pärmen ställer hon på bordet. Hon lyfter blicken för att möta hans.

—Jag tänkte att det är läge att hälsa på varandra, sade Vaistina.

Danilo tittar fortfarande ner mot det svarta bordet. Han gör inga särskilda rörelser.

—Vaistina Bogdanovic, jag är legitimerad rättspsykolog och rättspsykiater.

Danilo har fortfarande blicken riktad mot bordet. Han ger henne inte någon respons. Det har nu gått tre minuter.

—Danilo Milojkovic, varför tror du att du sitter här i dag?

Danilo varken talar eller rör på sig. Hon sträcker sig efter sitt vatten, dricker en klunk och ställer tillbaka pappersmuggen på bordet. Hon lutar sig tillbaka i stolen och sätter benen i kors.

—Fundera, jag kan vänta, sade Vaistina.

Hon studerar hans beteende. Det sker ingen större skillnad. Han fortsätter att stirra med blicken ner i bordet. Det har nu gått en timme.

—Vi avrundar för i dag. Du kan göra dig redo för att gå tillbaka till din cell. Vakt!

Vaistina lyfter på pärmen från bordet, reser sig upp och skjuter in stolen. Hon tittar på Danilo för att inte missa några rörelser. Hon vänder sig mot dörren där vakten står och väntar på att släppa ut henne. Vaistina kliver in i rummet intill förhörsrummet, där Martin, David, Simona och annan personal står och väntar. Martin tittar på Vaistina med ett leende.

—Det gick strålande, sade Martin med en ironisk ton i rösten.

Martin och Vaistina står bakom en stor spionspegel och tittar på Danilo.

—Bättre än förväntat, sade Vaistina.

—Vad kan du säga så här långt?

—Han är uthållig och envis. Han verkar inte vilja röra på sig. Och han sitter med fakta som jag ska komma åt, sade Vaistina med en klar ton i rösten.

6

Kontorssalen

Martin och Vaistina står framför den stora whiteboardtavlan och tittar på all information som finns uppskriven. Hon tittar på Danilos fotografi med en intensiv blick. Hon går några steg närmare tavlan. Martin följer hennes rörelser, utan att nästan blinka. Vaistina är fundersam kring hans situation.

—Vad vet vi om hans familj?

—Inget finns registrerat i vårt system, sade Martin. Martin väljer också att rikta sin blick mot Danilos fotografi.

—Ensamvarg?

—Han ser ut att vara det, sade Martin.

Vaistina är fortfarande fundersam.

—Eller har han valt att vara det?

Hon vänder sig om och möter Martins blick.

—Kalla in Eva. Jag är säker på att hon kommer att komma åt något. Det lär ta ett tag, men det är värt det. Med den här informationen som ni har nu kan ni inte steka två ägg på, sade Vaistina.

Martin ler mot Vaistina. Han sträcker sig efter ett papper
på bordet och gör en notering.

—Jag kommer att överlämna det jag anser vara relevant
att titta närmare på till Maria. Sebastian får gärna hjälpa
till. Jag tror att…

Vaistina hinner inte att avsluta den meningen. Martin
lyckas avbryta henne på nytt.

—Vaistina, jag kommer inte att kalla in någon annan.
Jag vet att jag har talat om för dig att det enbart gäller för
dagen, men du är den bästa som vi har haft. Du kan det
här. Thomas litar på mig och jag kan inte svika honom
med ärendet. Och jag litar på dig, sade Martin.

Vaistina tar ett djupt andetag och känner att hon börjar
bli stressad.

—Nej, vi har sagt att jag ska vara här enbart den här
dagen. Jag kan inte. Jag har annat som jag ska fokusera
på. Jag åker snart. Det är några månader till jul. Det går
inte, för jag har nämligen slutat, sade Vaistina.

Martin går bort till en stor hylla och tar fram en pärm. I
pärmen återfinns olika individer vars beteenden Vaistina
har kunnat klura ut. Det är ärenden som hon har kunnat
hjälpa till att lösa. På pärmen står det löst och avslutat.
Martin ställer pärmen framför Vaistina på bordet.

—Det är enbart en del av allt som du har gjort för oss.
En del av din skicklighet. Jag behöver dig här. Vi behöver dig
här. Enbart den här gången, jag lovar, sade Martin.

Vaistina skakar på huvudet. Hon vänder sig mot
whiteboardtavlan igen för att titta på Danilos fotografi.

—Du har många löften i handen just nu, sade Vaistina.

—Ja, vi kan konstatera att jag inte är duktig på att hålla löften. Snälla, gör din gamla chef en tjänst. Hjälp oss. Enbart den här gången, sade Martin nervöst.

—Han blick känns bekant, sade Vaistina.

Det blir tyst i några sekunder. Vaistina går fram till bordet och plockar upp sin pärm.

—Enbart den här gången, sade Vaistina.

Martin ler och tar Vaistina varsamt på axeln. Vaistina går sedan mot dörren.

—Jag visste att jag skulle ha tagit en jorden-runt-resa i stället, sade Vaistina.

Martin kan inte låta bli att skratta.

—Vid nästa ärende ser jag till att ordna det, sade Martin med en skämtsam ton i rösten.

—Inga jordnötter!

Hon ler och kliver ut genom dörren. Martin ler tacksamt tillbaka. Han vänder sig sedan mot tavlan och tittar på all information.

7

Bogdan på besök

På köksbordet står nylagad middag. Vaistinas far Bogdan kommer på besök från Serbien i kväll. Nu återstår enbart att hennes bror Vasilije hämtar honom från flygplatsen. Vaistina sitter på sin stora soffa i vardagsrummet. Det är vita ljusa ytor, liksom i övriga delar av bostaden. Vardagsrummet är inrett med många detaljer i guld. Hon sitter framför en bärbar dator och arbetar med ärendet från den här morgonen. Hon sträcker sig efter pärmen med informationen och tar fram fotografiet på Danilo Milojkovic. Vaistina tittar på fotografiet med en fundersam blick. Hon sneglar på klockan som visar 18:18. De bör vara här nu, tänker hon högt för sig själv. Nu ringer det på ytterdörren. Vaistina ställer ifrån sig datorn och pärmen och går fram till ytterdörren för att öppna. Hennes far Bogdan har en tendens att skrika till när han träffar sina barn.

—Hej min vackra prinsessa!

Bogdan har ett stort leende på läpparna. Han ger Vaistina en varm och efterlängtad kram.

—Vänta nu, tre pussar på kinden ska du också få. Ett, två och tre, räknar Bogdan stolt.

Vasilije skrattar. Den där glimten i ögat är Vaistina bekant med.

—Min fina, fina, fina prinsessa, sade Vasilije med en skämtsam ton i rösten.

Vaistina blir en aning nervös av det höga ljudet med tanke på grannarna.

—Schhh! Skrik inte, jag har grannar här. Ni är inte i Serbien, sade Vaistina.

—Okej, min fina prinsessa, sade Vasilije.

Bogdan knuffar till Vasilije med en lätt rörelse.

—Ska du alltid hålla på och göra narr av mig?

Vasilije ger Bogdan en puss på huvudet som en bekräftelse på hans fråga.

—Välkommen pappa! Kom in med er nu, sade Vaistina.

De kliver in i bostaden. Vaistina ser sig försiktigt omkring för att försäkra sig om att grannarna inte reagerade på ljudet. Hon pustar ut och stänger dörren efter sig.

8

Middagsbordet

Bogdan och Vasilije har satt sig ner vid det avlånga matbordet. Vaistina plockar fram hemlagad sås som står i kylskåpet och ställer såsen på matbordet. Bogdan och Vasilije småpratar om livet. Vaistina sätter sig ner för att göra dem sällskap.

—Det ser fantastiskt ut. Du behövde inte göra allt det här för pappa, sade Bogdan.

—Vadå inte? När ska hon lära sig om inte nu, sade Vasilije med en retsam ton i rösten.

Bogdan tar en sked i handen, reser sig upp för att nå till Vasilije. Vasilije lutar sig mot sidan och skrattar.

—Vasilije, ser du den här skeden?

Vaistina och Vasilije skrattar nu högt. Bogdan sätter sig ner på stolen igen.

—Det finns tid för henne att lära sig allt som hon behöver lära sig. Vasilije, när ska du lära dig att laga mat? Finns det inskrivet i din kalender? Vaistina har annat att tänka på som är av prioritet för henne.

Bogdan tittar på Vaistina och ler.

—Du liknar mamma mer och mer för varje dag som går, tillade Bogdan.

Den här meningen lyckas framhäva en obekväm tystnad. Vasilije har gått från att skratta till att titta ner i matbordet. Bogdan sträcker sig över matbordet för att lägga händerna på Vaistina och Vasilije. Det är tyst vid matbordet under några sekunder. Bogdan lutar sig sedan tillbaka i stolen igen.

—Det är tråkigt att låta maten bli kall. Jag har en uppfattning om att maten trivs bäst i magen, sade Bogdan.

Bogdan klappar sig själv på magen. Alla tre brister ut i skratt.

—Vi tackar för maten och för sällskapet den här kvällen, Amen. Varsågoda och ta för er, sade Vaistina.

De äter middag och delar med sig av olika händelser som har skett sedan deras sista möte.

9

En komplicerad nöt

Nästa morgon åker Vaistina till kontoret. Hon befinner sig i rummet intill förhörsrummet tillsammans med Martin och annan personal. Hennes goda kollega David finns också på plats. Vaistina har begärt att få samarbeta med honom i ärendet. David har sedan en tid tillbaka utvecklat starka känslor för Vaistina. I förhörsrummet sitter Danilo. Han har huvudet nedåtriktat mot det svarta bordet. Klockan är 08:00 och Vaistina förbereder sig för att gå in till honom. Vaistina ger Martin ett tecken på att hon är redo, genom att nicka på huvudet. Martin nickar tillbaka. David bemöter henne med ett leende och vakten släpper sedan in henne. Hon går sakta fram till bordet, ställer pärmen på bordet och sätter sig ner på stolen. Danilo är säker på att det är Vaistina som sitter framför honom. Han känner igen det där ljudet från klackarna.

—God morgon Danilo. Vi träffades i går. Vaistina Bogdanovic, rättspsykolog.

Danilo ger henne inte någon respons. Hon inser fort att han har samma inställning till mötet som i går.

—Du fick en fråga att fundera på. Varför tror du att du sitter här?

Vaistina tittar på Danilo med en intensiv blick. En tystnad, en osäkerhet.

—Vakt!

Hon behöver få honom att förstå.

—Kan vi få lite vatten?

Vakten kliver in med två pappersmuggar och en bägare med vatten. Vakten fyller pappersmuggarna med vatten och lämnar sedan rummet. Vaistina iakttar Danilo. Han vägrar fortfarande att röra på sig. Hon sträcker sig efter sitt vatten, tar några klunkar och ställer tillbaka pappersmuggen på bordet.

—Jag känner att vattnet är bäst att dricka när det är kallt. Om inte annat, så kan man bli torr i munnen av att tala länge, sade Vaistina.

Hon öppnar pärmen som innehåller information. Hon tar fram fotografiet på Luka Kocic och ställer det framför Danilo.

—Danilo, du sitter häktad på sannolika skäl misstänkt för mordet på Luka Kocic. Mannen på fotografiet som du har framför dig. Vill du berätta varför du tror att det är så?

Fortfarande återfinns ingen reaktion från Danilos håll. Martin och David följer förhöret bakom spionspegeln i rummet intill.

—Jag skulle gärna vilja höra vad du har att säga om varför det har blivit så här. Du har inte uttalat dig om något tidigare, därav tänkte jag att du får din chans att berätta det för mig nu, sade Vaistina.

Hon lutar sig tillbaka i stolen och sätter benen i kors. Hon iakttar honom intensivt. Danilo verkar dessvärre inte vara intresserad av någon kommunikation med henne.

—Jag har gott om tid, så jag kan vänta. När du känner dig redo, då lyssnar jag, tillade Vaistina.

Vaistina sträcker sig efter pärmen på bordet och drar ut pennan som hon har satt fast vid sidan om pärmen. Hon bläddrar fram till en tom sida och börjar att skriva. Hon studerar situationen. Det har nu gått en timme. Hon dricker upp allt vatten i sin pappersmugg och tillkallar vakten.

—Vakt!

Vakten kommer in med bägaren och fyller på hennes pappersmugg med vatten. Vakten beger sig sedan ut genom dörren. Hon fortsätter att iaktta Danilo, samtidigt som hon gör noteringar. Det har snart gått tre timmar. Plötsligt fångar hon Danilo snegla med ögonen mot vattnet, utan att göra några rörelser med huvudet. Hon ställer ifrån sig pärmen, reser sig upp och går bort till honom. Hon flyttar på vattnet och ställer det rakt framför honom. Vaistina går sedan tillbaka och sätter sig på sin stol. Danilo reagerar inte.

—Vi kan avsluta för i dag, sade Vaistina bestämt.

Hon reser sig upp, skjuter in stolen, plockar upp pärmen som står på bordet och går mot dörren. Vakten släpper ut henne. David väntar ivrigt på Vaistina.

—Bra jobbat! Han är inte direkt så pratsam, sade David.

David tar Vaistina på armen med ett stort leende på läpparna. Martin, Vaistina och David står bakom spionspegeln och tittar på hur Danilo blir bortförd ut genom rummet. Martin är en aning irriterad.

—Du kanske ska bli lite vassare. Han är inte den lättaste att knäcka, sade Martin.

Vaistina tittar på Martin med en fundersam blick.

—Nästa gång kanske chefen vill sätta sig i förhörsrummet och tala med honom i stället?

Martin ler mot henne. David är inställd på att lätta på stämningen.

—Du gjorde det hela jättebra. Jag är säker på att du klarar det här, sade David.

Vaistina vänder sig mot spionspegeln. Hon tittar mot den tomma stolen som Danilo tidigare satt på.

—Han är en ovanligt komplicerad nöt att knäcka, sade Vaistina.

10

Korsade vägar

Martin, David och Vaistina är upptagna med att klura ut hur de ska gå vidare i ärendet. På plats i kontorssalen finns även Simona, som ska hjälpa till med analyser i ärendet. Simona har uttryckt känslor för David. Hennes känslor är obesvarade och hon misstänker att David har någon annan som han tycker om. Simona låter dock inte en minut passera, utan att få vara nära honom. Vaistina kliver fram till den stora whiteboardtavlan. På tavlan återfinns nu mer information som Simona har tagit fram. Danilos mor avled för åtta år sedan. Vaistina är nyfiken på att höra detaljer.

—Simona, vad mer utöver det att hans mor avled för åtta år sedan vet vi?

—Hon arbetade som statsvetare i Stockholm. Hon gjorde det ända fram sin död, sade Simona.

—Jag tittade närmare på den frågan. Fallet kring modern anmäldes som mord i början. Fallet lades ner två år efter det, sade Martin.

Det här fångar Vaistinas uppmärksamhet.

—En naturlig död?

—Inga bevis, står det angivet i dokumentet, sade Martin.

Vaistina tittar på Danilos fotografi. Det är nästan som att hans ögon försöker att tala om något för henne.

—Löst ärende?

—Avslutat ärende, sade Martin.

—Alltså ett nedlagt ärende. Simona, hjälp mig att samla in mer information om hans mor. Titta närmare på varför ärendet lades ner, sade Vaistina.

—David, du och jag tittar närmare på Luka Kocics bakgrund. Vi kanske kan få kontakt med familjen. De har inte velat uttala sig om något ännu, sade Martin.

Vaistina reflekterar kring all information. Tänk om ögonen fungerade som två röntgenredskap, då anser hon att hon hade haft svaret nu.

—Frågan är inte vilken koppling de här två har till varandra, utan hur deras vägar korsades?

Vaistina plockar upp pärmen från bordet och beger sig mot dörren.

—Skicka mig all relevant information som ni får tag på. David, hör med Damjan. Han kan nog hjälpa oss med information om Luka Kocic. Luka Kocic verkar ha bott utomlands i tjugo år. Nu bör jag kila i väg. Pappa är på besök från Serbien, sade Vaistina.

Samtliga bemöter henne med ett leende.

—Härligt! Du och din far står varandra nära. Vad tyckte han om skidorna som han fick av mig? Det var rätt färg hoppas jag, sade David.

—Han möter dig gärna på skidbacken den här vintern skulle jag hälsa, sade Vaistina med en skämtsam ton i rösten.

David skrattar. Simona följer deras interaktion. David vill gärna umgås med Vaistina, men hon har andra planer.

—Vaistina, ska vi äta lite lunch nu? Jag tänkte att vi kunde prata ihop oss kring ärendet, sade David.

—Jag behöver tyvärr kila i väg. Jag har lovat pappa att äta lunch med honom. Simona kan väl göra dig sällskap? David blir obekväm och känner att han vill fly.

—Jag kom precis på att jag behöver ta mig in till banken. Det får bli en macka på vägen. Jag följer med dig ner, sade David.

—Hej på er! Hör av er om det skulle vara något, sade Vaistina.

—Vi ses senare, sade David.

David och Vaistina lämnar kontorssalen tillsammans och stänger dörren efter sig.

11

Att fråga

—Lunch och middag. Vilken härlig dag jag fick tillbringa med dig. Här har du en kopp te, sade Bogdan.

—Detsamma pappa. Tack, sade Vaistina.

—Ska du verkligen arbeta så här sent?

—Jag har en del att titta igenom inför morgondagen. Pappa, du har militär erfarenhet. Jag har en uppfattning om att kommunikationen där är viktig mellan alla involverade.

Bogdan ler mot Vaistina.

—Dag in och dag ut, sade Bogdan.

—Om någon sitter tyst, utan att röra på sig under en rätt så lång tidsperiod, då skulle du kunna säga att det finns någon koppling till militären.

—Antingen det, eller så har den individen en relativt bra mental förmåga att hantera situationer. Din far som du ser, han kan allt, svarade Bogdan med en skämtsam ton i rösten.

Vaistina ler mot Bogdan. Bogdan noterar däremot att något oroar henne.

—Okej, svarade Vaistina.

—Du verkar vara inne på rätt spår. Om du behöver hjälp med något, då kan jag alltid höra med killarna där borta.

—Tack pappa, svarade Vaistina med en lättnad.

—Nu går jag och lägger mig. Skeletten behöver få räta på sig en aning. God natt, kära du, sade Bogdan.

—God natt, pappa.

Vaistina tar ett djupt andetag och fortsätter sedan att arbeta framför datorn.

12

Ny information

Kollegorna står samlade. I dag kallades alla in innan arbetstiden. Klockan är 07:40.

—Danilo anmälde moderns dödsfall. Efter att fallet blev nedlagt, bad han om att få fallet inlett som mord. Utan större bevismaterial, hävdades påståendet, sade Simona.

Vaistina reflekterar kring påståendet.

—Danilos mor arbetade som statsvetare. Vad vet vi utöver det?

—Aktiv och alltid glad. Kollegorna verkade nöjda med hennes insats, sade Simona.

—Några sjukdomar? Vad visade obduktionen?

—Hon ser ut att ha haft njursten, med det är inget som ska ha lett till hennes död. Det står hjärtstopp i slutrapporten, sade Simona.

—Vi behöver titta närmare på den här frågan. Hör med kollegorna på arbetsplatsen. De kan ha mer information, sade Vaistina.

—Absolut, jag tittar närmare på det, sade Simona.

—Det är märkligt att fallet inte fick en större utredning, sade Vaistina.

—Luka Kocic har inte varit dömd för något tidigare. Han hade bra betyg i skolan. Hans mor och far gick bort när han var tretton år. Farmor och farfar tog hand om honom efter det. Inga syskon. Inget rapporterat utomlands heller. Han flyttade hit när han var tjugo år, sade David.

—Hörni, jag har något som kan vara värt att ha med i utredningen. Danilo och Luka ska ha varit arbetskollegor när de var tjugotvå år, sade Martin.

—Bra. Jag samlar ihop det jag har, så kan vi mötas vid förhörsrummet, sade Vaistina.

—Det låter logiskt. Då ses vi där, sade Martin.

13

Några första ord

Där sitter han återigen, Danilo Milojkovic. Vaistina kliver fram till det svarta bordet och sätter sig på stolen mittemot Danilo. Han vet att det är hon, han vet det helt enkelt.

—Danilo, din mors död rapporterades in som hjärtstopp. Varför ville du att man skulle yrka fallet på mord?

Inte anande Vaistina att han skulle vika sig redan nu. Det hade inte varit ett intressant maraton att se på.

—Du och Luka Kocic var arbetskollegor vid tjugotvå års ålder. Berätta varför du tror att det här inte låter misstänksamt?

Under ett kort ögonblick reser sig Vaistina upp och ställer sig vid mitten av bordet. Hon häller upp vatten i två pappersmuggar. I samma stund snurrar det till i huvudet på henne. Hon börjar att rulla med ögonen och känner att pulsen stiger fort. Vaistina är på väg att svimma. Danilo reser sig snabbt upp och använder sina goda reflexer för att fånga henne. Hon hinner inte falla. Han har henne i sin famn.

—Tack, det var jag inte beredd på, sade Vaistina förvånat. Vaistina lyfter på ena handen, för att ge personalen tecken på att allt är som det ska. Hon sätter sig sedan ner på stolen igen.

—Danilo, du behöver tala med mig. Jag är här för att förstå varför du sitter häktad för mordet. Det är bättre om du samarbetar med mig.

Det blir en lång tystnad. Man skulle kunna höra en nål falla ner på golvet.

—Varför ville du att din mors död skulle yrkas på mord?

Vänta, nu sker något. Danilo rullar tummarna.

—Hur väl känner du Luka Kocic? Sköt du honom?

Vaistina behöver få samla sig. Hon reser sig upp och går mot dörren.

—Du kanske ska sluta att lägga näsan i blöt och fokusera på ditt eget liv i stället. Att behöva falla omkull på det viset, är inget jag skulle rekommendera. Lite mental träning skadar aldrig, sade Danilo.

Vaistina tittar rakt in i dörren med en upprörd blick. Det är en nervig stämning i rummet. Något som hon själv inte är van vid. Hon tar ett djupt andetag och lämnar rummet.

14

En ny överenskommelse

—Vaistina, är du okej? Kom och slå dig ner här på stolen, sade David.

—Jag mår fint. Tack David, sade Vaistina.

—Du gjorde ett bra jobb, sade Martin med en glädjande ton i rösten.

—Jag har gjort mitt. Ni får ta det härifrån, tillade Vaistina bestämt.

Vaistina känner att hon börjar svettas mer än vanligt. Det är nog något med luftkonditioneringen i rummet, tänker hon.

—Vaistina, kom igen. Du kan inte sluta nu, sade Martin.

—Nej Martin. Vi hade en överenskommelse.

—Snälla, du kan det här. Vi är så nära nu.

—Nära tycker jag inte att vi är, sade Simona.

—Vaistina ordnar det här. Det vet jag att hon gör, sade Martin.

David har alltid haft en förståelse för Vaistina och hennes hårda arbete. Vaistina upplever honom vara hennes trygga punkt på arbetsplatsen.

—Vaistina, om du behöver vila i några dagar, så är det okej, sade David.

—Okej, men efter det får det vara. Någon annan får ta över, sade Vaistina.

—Tack. Jag visste att jag kunde räkna med dig, sade Martin.

David är orolig för Vaistina. Det är något som han brukar känna när något blir för mycket.

—Vaistina, är du säker på att du inte ska vila i några dagar?

—Jag mår bra. Tack för omtanken, David. Du och Simona skulle kunna höra med hans mors gamla kollegor. Något känns inte rätt där.

—Självklart. Jag och David löser det, sade Simona.

—Jag bör nog ringa till pappa. Han vet jag har en god mental förmåga, sade Vaistina.

Vaistina plockar ihop och beger sig ut genom dörren.

15

Någon att vända sig till

Vaistina står utanför kontorsbyggnaden. Hon sträcker sig efter sin mobiltelefon i arbetsväskan. Hon har länge funderat på att byta till en affärsryggsäck i stället. Det skulle underlätta att inte behöva bära allt i händerna i olika avseenden.

—Pappa, jag behöver din hjälp. Har du lust att höra med killarna ute på fältet. Du ska få ett namn, Danilo Milojkovic, trettiofem år.

—Jag ringer omedelbart. Oroa dig inte, sade Bogdan med en lugnande ton i rösten.

Tack, vi ses senare.

16

En hjälpande hand i nöden

Vaistina tittar på klockan. 08:00 prick sade generalen bestämt i telefon. Har hon tagit fel på dagen? Nu känner hon hur hon börjar att svettas i handflatorna. Det är pappas gamla kollega, i dag en god vän. Varför är hon nervös? Det knackar på Vaistinas kontorsdörr.

—Hej! Jag är Vaistina Bogdanovic, rättspsykolog. Tack för att ni kunde komma in.

—General Patrik Sjöholm. Pappa berättade att du har några frågor kring Danilo Milojkovic.

—Det stämmer. Varsågod och slå er ner. Kaffe?

—Ja, tack. Gärna svart, sade generalen.

Vaistina beställer in två koppar kaffe. Det är första gången som hon gör en beställning åt en general. Det är ett oväntat möte.

—Generalen, vad kan ni berätta om Danilo Milojkovic?

—Disciplinerad och morgonpigg. Mycket bra uthållighet. Hjälpsam och kunde förmå sig att skämta till en hel del.

Kontorssekreteraren kommer in med två koppar kaffe. Vaistina möter kontorssekreteraren med en varm blick och nickar. Hon inväntar på att kontorssekreteraren lämnar rummet och fortsätter sedan.

—Hjälpsam? Generalen får gärna utveckla.

—Han fanns där för de som behövde honom. Jag minns en gång när jag gav dem etthundra armhävningar och etthundra hopp i däck. En utav killarna hade vrickat på foten och kunde inte delta. För att samtliga skulle klara testet, hoppade Danilo in och dubblerade antalet armhävningar och hopp. Jag hade självklart låtit grabben göra testet senare, han var skadad i det läget. Danilo ställde ingen fråga, han tog på sig den uppgiften. Vi hade många killar från forna Jugoslavien.

—Finns det något som generalen tyckte inte stämde in på den bilden av Danilo?

—Nja, inget särskilt. Han var rätt så ung. Nitton år var han vid den tiden. Föräldrarna var skilda. Sådant brukar påverka barnen. Jag passerade i hallen vid något tillfälle och hörde honom och en annan kille prata om livet. När Danilo fick frågan om sin mor och far, ville han inte fortsätta konversationen.

—Hurdan var han ute på fältet?

—Han hade goda reflexer. Snabb och orädd. Jag har några dokument som du kan få titta på.

Vaistina bläddrar igenom dokumenten. Reflexer väcker tankar hos henne. Danilo fångade henne relativt fort under förhöret. Inte konstigt att det finns dokumenterat.

—Högerhänt?

—Han är en klart högerhänt kille, sade generalen.

—Tack. Jag nöjer mig så här långt, sade Vaistina.

Generalen reser sig upp. Vaistina gör detsamma och följer honom till dörren. Generalen stannar till och tittar mot Vaistina med en intensiv blick. Som liten brukade hennes far titta på henne på det viset, när hon hade ätit upp alla chokladkakor innan middagen.

—Vaistina, Danilo kan vara en hel del, men han är inte en mördare.

Vaistina kan inte göra annat än att enbart möta generalens blick. Generalen kliver sedan ut genom kontorsdörren och lämnar rummet med bestämda steg.

17

En första dialog

Vaistina har haft hela förmiddagen på sig att titta igenom dokumenten som general Patrik Sjöholm överlämnade till henne. Klockan är 13:00. Danilo Milojkovic sitter och väntar i förhörssalen. Det förvånar inte Vaistina att han återigen tittar ner i bordet.

—Danilo, du verkar ha haft goda resultat ute på fältet. Hjälpsam och god uthållighet. De talar gott om dig, sade Vaistina.

Danilo fortsätter att titta ner i bordet. Vaistina bläddrar i dokumenten.

—Bra reflexer. Det såg jag sist.

Danilo lyfter på huvudet och tittar på Vaistina. Deras blickar möts. Det känns som att tiden har stannat.

—Skulle jag ha låtit dig falla?

Personalen i rummet intill följer interaktionen. Förvånansvärt har Danilo nu börjat att ställa egna frågor.

—Du verkar vara klart högerhänt, sade Vaistina.

—Jag har hört att jag har en bra höger. Hand alltså, tillade Danilo.

Danilo sträcker sig efter vattnet i pappersmuggen och tar en klunk.

—Vilken relation har du till Luka Kocic? Bortsett från det att ni har varit arbetskollegor.

Danilo väljer att titta bort mot väggen.

—En övervakningsfilm visar att du köpte in en revolver fyrtioåtta timmar innan mordet. Du har inget alibi som tyder på att du befann dig någon annanstans, när mordet ägde rum. Det här ger dig inga säkra kort. Var fanns du den tjugoåttonde februari mellan klockan 18:18-19:15?

Danilo vänder sig återigen mot Vaistina. Han tittar på henne utan några som helst ansiktsuttryck. Han enbart tittar på henne. Vaistina börjar känna någon form av värme i nacken.

—Danilo, du behöver börja tala nu. Berätta var du befann dig under mordkvällen, sade Vaistina bestämt.

—Jag har inget att berätta, sade Danilo.

—Har inget att berätta?

—Har inte du någon där hemma som väntar på dig? Någon som du bör lägga lite mer energi på, i stället för att sitta här med mig.

Vaistina känner hur värmen stiger i kroppen. Hon plockar upp samtliga papper från bordet och lämnar förhörsrummet.

18

Påverkan

Vaistina trummar med fingrarna på bordet. David är inte van vid att se henne reagera på det här viset. Hon reser sig hastigt upp från stolen. Martin och Simona blir nästan förstelnade av hennes snabba rörelse.

—Han har några irritationsfaktorer i sig som får mig att bli tokig, sade Vaistina.

—Det gick jättebra, sade David.

Simona ler nonchalant och tittar Vaistina rakt i ögonen.

—Han fångade dig efter allt.

—Det är inte läge för det nu Simona. Vaistina, jag talade om för dig att det inte skulle bli lätt att knäcka honom. Men du gör det galant, sade Martin.

Vaistina är tveksam.

—Jag saknar något. Har han haft några besök sedan han togs in?

—Inte ett enda, sade David.

—Jag har talat med en utav hans mors gamla kollegor, sade Simona.

Vaistina tittar på Simona med en fundersam blick. Det var inte planen.

—Åkte inte du och David tillsammans?

—Nej, jag fick förhinder här på kontoret, sade David.

—Hon fattade sig kort och hade ingen vilja att uttala sig om mycket. Hon nämnde att Danilos mor verkade vara orolig de sista månaderna. Det enda som hon gjorde var att åka till arbetet och tillbaka hem, sade Simona.

—Jag ska ta och ringa några samtal, får se om jag får fram något mer, sade Martin.

—Jag behöver fundera en aning, sade Vaistina.

Simona är kluven. Hon tittar på dokumenten som står på bordet.

—Hur stor chans är det att han inte kan ha gjort det?

—Jag vet inte, men det tänker jag ta reda på, sade Vaistina.

—Jag kan följa dig ut Vaistina. Vi kanske kan ta en fika och prata ihop oss, sade David.

—Kanske nästa gång. Jag ska bege mig till ett träningscenter. Det är en hel del toxiner i kroppen just nu. Dessutom behöver jag träna min mentala förmåga har jag insett. Vi hörs senare, sade Vaistina.

Vaistina lämnar kontoret. Hon stannar till utanför kontorsbyggnaden. Det har regnat. Nu känner Vaistina att hösten har satt tydliga spår. Hon andas in frisk luft. Löven har nu börjat att falla ner från träden. Vaistina ser sig omkring, även löven åldras. Hon beger sig sedan mot ett träningscenter.

19

Träningscenter

Ett, två, tre och fyra. Ett, två, tre och fyra. Ett, två, tre och fyra. Vaistina följer musikens takter i samband med träningen. Det är många speglar i anläggningen. Här missar man nog inte en enda detalj på kroppen. Vaistina avbryter träningen en stund, då det ringer i mobiltelefonen.

—Det är Vaistina.

—Hej! Är det Vaistina Bogdanovic som jag talar med?

—Ja, det stämmer.

—Skulle vi kunna träffas i morgon? Jag tror att vi behöver prata.

Vaistina känner inte igen rösten. Mobilnumret är likaså obekant.

—Vem är det jag talar med?

—Jag kan inte säga mycket mer just nu. Det gäller Danilo.

—Okej. Kan du möta mig i morgon klockan 10:00? Jag skickar en adress till dig, sade Vaistina.

—Vi ses då.

Det var inget vanligt samtal. "Det gäller Danilo", är enbart ord för någon där ute, men för Vaistina är orden något mer. Hon lägger ifrån sig mobiltelefonen och återgår till träningen. Ett, två, tre och fyra. Ett, två, tre och fyra.

20

Alibi

Vaistina tittar ner i mobiltelefonen. Klockan är 10:00.
Hon tittar åt vänster, höger och rakt fram. Det är ingen
som kommer gående mot henne. Hon hör en röst bakom
sig. Den låter bekant. Den har hon hört förut.

—Hej! Är du Vaistina?

—Ja, jag uppfattade aldrig ditt namn, sade Vaistina.

—Liv, jag är Danilos före detta flickvän.

Nu förstod Vaistina. Den okända rösten har nu fått ett
ansikte.

—Vad kan du dela med dig, Liv?

—Det är fel individ som sitter inne. Danilo har ett alibi.

—Det är inget som har framgått hos oss. Dessutom
vägrar han att berätta något.

—Det är komplicerat, sade Liv med en darrande röst.

—Vad är det som är komplicerat? Liv, det är bättre om
du hjälper till. Vad har han för alibi?

Liv tar ett djupt andetag och tittar Vaistina rakt i ögonen.

—Han var med mig då. Jag kommer inte att vittna, men jag kan visa dig något.

Liv tar fram en videokamera och visar Vaistina en inspelad video på henne och Danilo.

—Den är inspelad mellan klockan 18:10-19:20, sade Vaistina.

—Han var med mig den kvällen.

—Varför har inte du trätt fram tidigare? Du förstår väl vad det här innebär?

—Jag vill ha tillbaka kameran, sade Liv.

—Absolut. Jag behöver enbart ha den, så att jag kan visa upp den för de ansvariga teknikerna i ärendet.

—Säg inget till Danilo, avslutade Liv.

Vaistina följer Livs rörelser när hon försvinner bort mot gatan. En äldre dam dyker upp på Vaistinas vänstra sida och frågar om hur mycket klockan är. Hon talar om för damen att klockan är 10:22. Damen tackar glatt och fortsätter att gå längs gågatan. När Vaistina sedan vänder sig om syns inte Liv till på andra sidan av gatan. Vaistina lägger ner videokameran i sin arbetsväska och lämnar området.

21

Ett beslut

Det har gått tre dagar sedan Vaistinas möte med Liv. Klockan är 11:11 på förmiddagen. Den här morgonen har Vaistina inte ätit frukost. Hon äter alltid frukost, men inte den här morgonen.

—Inte vad man hade kunnat tänka sig skulle ske. De släpper väl honom snart, sade David.

—Ja, han har ett alibi, sade Vaistina.

—Tror ni att det räcker? Jag är inte så säker, sade Simona.

—Än så länge, sade David.

Martin kliver in i salen med bestämda steg. Det brukar han enbart göra, när det är något som inte har gått enligt planen. Vaistina har länge studerat sina arbetskollegor, så väl att hon nästan känner till varje rörelse.

—Beslutet är fattat. De släpper Danilo Milojkovic. Han kommer att frikännas, sade Martin.

—Logiskt. Det finns inget annat som knyter honom till mordet. Förutom att han och Luka har varit arbetskollegor, sade Vaistina.

Martin har ständigt varit på sin vakt. Han har genom åren lärt sig att vara uppmärksam i de mest logiska fallen.

—Ja, fast det utesluter inte att han fortfarande kan vara skyldig.

—Även general Patrik Sjöholm lät tvärsäker på att Danilo inte har mördat någon, sade Vaistina.

—Ja, det får vi nog reda på så småningom. Vaistina, tack för din insats. Det här glömmer jag aldrig. Lycka till nu och hälsa pappa, sade Martin.

—Det är tråkigt att du verkligen lämnar oss. Vi kan väl ses innan du åker i väg, sade David.

Vaistina kan höra hur Davids röst långsamt förändras. Han får nästan inte fram orden. Om hon ger honom en kram nu kommer hon att bli ledsen. Hon har aldrig varit bra på avsked.

—Tack. Absolut, det gör vi David. Nu har jag en del att ta igen innan avfart, sade Vaistina.

—Jag får nog kalla in Engla framöver. Vi får se hur det här utspelar sig, sade Martin.

—Vi ses. Ta hand om er, sade Vaistina.

Vaistinas klackar låter i hela korridoren. Även kontorssekreteraren vinkar av henne med en sorgsen blick. Helt plötsligt låter inte klackarna längre. Vaistina har lämnat byggnaden.

22

Syskonkommunikation

Vaistina sitter på sin stora soffa i vardagsrummet. På nyheterna rapporteras det att Danilo Milojkovic är frikänd efter ett inkommet och bekräftat alibi. Mördaren är därav fortfarande på fri fot. Vaistina sneglar mot sin mobiltelefon och ser att det lyser om den. Det ringer. I samma ögonblick inser hon att hon har glömt att ställa in telefonen på ljud.

—Tjena kära syster! Hur är läget? Jag tittade precis på nyheterna, vilken insats. Du brås på mig, sade Vasilije. Vaistina kan höra att han är stolt och en aning retsam.

—Ja, precis. Alla dagar i veckan, sade Vaistina med en skämtsam ton i rösten.

De kan inte göra annat än att skratta. Det är något specifikt med den typen av kommunikation, något som enbart ett syskon kan förstå.

—Ska inte du och pappa ta och komma ner till fotbollsplanen i morgon? Tänkte att vi kunde testa gamlingens kondition en aning.

—Du skämtar nu, men vänta till dess att du kommer upp till hans ålder.

—Jaja, vi ses i morgon. Glöm inte hans kryckor, sade Vasilije.

De avslutar samtalet utan att behöva säga något. Vaistina visste att hon skulle lägga på efter de orden. Det är något med den kommunikationen som enbart ett syskon känner till och kan förstå.

Syskon…

23

Tacksamhet

Vaistina går sakta ner för trapporna i bostadsbyggnaden där hon bor. Hon går ut genom entrédörren och fortsätter mot det gröna avfallskärlet för att slänga sopor. Tre påsar med avfall. Hur kunde det bli så här? Slängde hon inga sopor i går kväll? Nu inser Vaistina att hon inte har varit tillräckligt närvarande. Inte hemma i vilket fall som helst. Hon funderar på att sätta sin far i arbete. Kvällsmotion upplever hon skulle kunna gynna honom. På vägen tillbaka får hon syn på en svart sportbil parkerad på gatan. Det sitter två män i bilen. Något känns bekant för Vaistina. Hon fortsätter att gå och stannar till en bit nedanför sin bostadsbyggnad. Danilo kliver ut ur bilen och går fram till Vaistina. Hon följer hans rörelser.

—Förföljer du mig?

—Du har rätt. Det kan se ut som att jag gör det, sade Danilo.

—Vad gör du här?

Danilo tittar på Vaistina. Han vet inte om han ska le eller vara arg. Utan hennes insats hade han däremot inte stått där.

—Jag vet inte vad du gjorde, men…

Vaistina avbryter Danilo fort. Lika fort som reflexerna han använde när han fångade henne i förhörsrummet.

—Om ett samarbete fanns från ditt håll, då hade processen inte tagit så lång tid, sade Vaistina.

Danilo vänder sig om och tittar bort mot den svarta sportbilen. Han vänder sig sedan tillbaka mot Vaistina och tittar på henne. Han verkar vilja göra Vaistina irriterad, men den här gången har han glimten i ögat.

—Vem skulle ha fångat dig när du föll då?

Utan någon som helst reaktion, vänder sig Vaistina om och börjar att gå mot entrédörren.

—Vaistina! Tack, sade Danilo.

Vaistina stannar till och vänder sig om. Hon möter Danilos blick och nickar. Sedan går de båda åt var sitt håll och lämnar platsen. Det har nu börjat regna igen.

24

Minnen

Äntligen solsken igen. Det är en härlig förmiddag. Klockan är 11:00. Vaistina beundrade vattenpölar när hon var liten. När det regnade utomhus brukade hon alltid sätta på sig sina gummistövlar och ställa sig vid dörren. Det var ett klartecken på att hon ville ut och plaska i pölarna. I dag kan hon inte få nog av D-vitamin. Vaistina och Vasilije sitter på läktaren. Bogdan blir som ett barn när han spelar fotboll med killarna.

—Jag saknar henne, specifikt i sådana här stunder, sade Vaistina.

—Jag vet. Pappa är inte densamma, men jag förstår honom. Hon var hans första och största kärlek, sade Vasilije.

—Han är bra på att hålla huvudet uppe.

—Han spelar med vädret i alla avseenden. Solen skiner och det är varmt, men vi vet inte vad som försiggår där bakom när solen skiner. Han är bra på att dölja det. Han gör det för oss.

—För att vi inte ska lida.

—Det känns som att det var i går som vi alla satt samlade runt middagsbordet, sade Vasilije med en tung röst.

—Jag brukar se flickor och deras mödrar gunga i parken. Jag talade alltid om för henne att jag ville flyga, högt. Jag minns att hon inte slutade att le, när jag sträckte ut armarna och föreställde mig att jag flög i ett flygplan. Jag var aldrig rädd, för jag visste att hon fanns där. Varje gång när jag landade.

Vaistina pustar ut. Vasilije kramar om henne hårt och ger henne en puss på kinden. Han släpper sedan sakta taget om henne och tittar på henne med en varm blick.

—Jag är stolt över dig. Verkligen stolt. Man vet aldrig, men jag kanske också bestämmer mig för att byta destination.

Bogdan har bra bollkontroll. I nästa stund faller han ner på fotbollsplanen. Det var inte den bästa vyn Vaistina och Vasilije fick från läktaren.

—Aj då, han fällde pappa, sade Vaistina.

—Kom igen nu pappa, upp med dig. Du kan inte rulla på gräsplanen hela dagen, sade Vasilije med en skämtsam ton i rösten.

Bogdan får hjälp att resa sig upp av killarna på fotbollsplanen. Han skakar på rumpan för att det ska se roligt ut för Vaistina och Vasilije. Deras far har alltid haft en tendens att få de att le, även i de mest komplicerade tiderna.

—Jag finns alltid här. Glöm aldrig bort det, sade Vasilije.

—Kom igen småttingar! Ska ni sitta där hela dagen? Jag vet att ni inte vågar möta mig här ute på planen, men att ni fortfarande sitter där mig ett försprång på 1-0, sade Bogdan med en retfull ton i rösten.

Vaistina och Vasilije kan inte låta bli att skratta. De reser sig sedan upp och går ner till gräsplanen. Här brukade Vaistina springa barfota när hon var liten. Gräset är fortfarande någorlunda fuktigt från gårdagens regn. Det blir snart torrt igen. Solen skiner, det ska bli uppemot 18 grader i dag.

25

Ett frågetecken?

Vaistina slår på tv:n i vardagsrummet för att se på morgonnyheterna. I dag ska hon äta havreflingor till frukost. Hon sätter sig på soffan. Hon häpnar över vad hon får se och sätter nästan havreflingorna i halsen på sig själv. På nyheterna rapporteras det att Liv har hittats död i sin bostad. Nytt bevismaterial har funnits, knutet till mordet på Luka Kocic. Danilo Milojkovic har återigen häktats för mordet. Vaistina reser sig hastigt upp från soffan och ringer till Martin. Hon får ingen respons. Hon gör ett nytt försök. Det går några signaler. Han behöver svara nu, tänker hon.

—Martin Olofsson.

—Martin, vad är det här på nyheterna? Har du åkt in till kontoret?

—Jag klev precis in.

—Jag kommer in nu, sade Vaistina med en spänd röst.

26

Nytt bevismaterial

Vaistina springer fram till hissen i kontorsbyggnaden. Kontorssekreteraren ser på Vaistina med en orolig blick. Hon kliver in i hissen och tar sig upp till våning 7. I dag har hon sina träningskläder på sig. Hon ska inte hålla i något föredrag, så det gör inte mycket att det är en mintfärg på plaggen.

—Vill någon förklara för mig? Vad är det som pågår? De har tagit in Danilo igen, sade Vaistina.

—Nytt bevismaterial tyder på att det är han. Det är över Vaistina. Vi har det vi behöver, släpp det nu, sade Martin. Kollegorna tittar på Vaistina. De vet inte om de ska beundra henne för träningskläderna eller om de ska börja med att ge henne ett glas vatten. Vaistina är förvirrad.

—Vilket bevismaterial? Hur då?

—Jag talade precis om för dig att släppa det, sade Martin.

—Martin, vilket bevismaterial?

—De har funnit revolvern. Hans fingeravtryck finns på den.

—Jag vill träffa honom, sade Vaistina.

—Vaistina, låt de ansvariga sköta det nu, sade David.

—Ni hörde vad jag sa. Jag vill träffa honom nu.

Det blir en tystnad i salen. Vaistina beger sig sedan ut genom dörren. Hon känner att hon inte får någon luft. Hon börjar att andas tyngre. Det snurrar i huvudet på henne igen. Hon tar sig ner med hissen till entréplanen och går sakta ut genom entrédörren. Luft, luft, luft är orden som hon upprepar utanför kontorsbyggnaden. Hon beordrar sig själv att ta långa djupa andetag. Efter en stund känner hon att hon blir klarare i huvudet. Hon beger sig återigen upp till kontorssalen.

27

På andra sidan av bordet

Vaistina har lyckats övertala Martin att låta henne få träffa Danilo i förhörsrummet. Vaistina rör sig fram och tillbaka i rummet intill förhörsrummet. David följer hennes rörelser. Martin är inte helt nöjd med beslutet att låta Vaistina tala med Danilo, men han kan inte avböja henne det.

—Vaistina, ska du verkligen gå in så där? Du kan nog låna en kavaj av Simona, sade Martin.

—Jag förstår inte. Tack, men jag behöver ingen kavaj just nu, sade Vaistina.

Vakten ger Vaistina klartecken på att hon kan få gå in nu och släpper in henne i förhörsrummet. Hon stannar till vid dörren och tittar på Danilo. Hon går sedan sakta fram till det svarta bordet. Det känns som att hon bär på flera hundra kilo. Desto närmare bordet hon kommer, desto tyngre känns det att gå med fötterna. Hon sätter sig ner och tar ett djupt andetag.

—Danilo, kan du titta på mig?

Det är en märklig tystnad. Danilo vägrar att lyfta på huvudet.

—Snälla, kan du titta på mig?

Danilo tittar upp mot Vaistina. Han tittar på henne med en fundersam blick. Det är som att han i stället för henne själv nu genomför en analys. Hans blick börjar vid ansiktet och rör sig nedåt mot midjan. Han lutar sig sedan en aning för att kunna se benen och fötterna.

—Snygga kläder. Det är det nya kontorsmodet förmodar jag? Färgen klär dig, sade Danilo.

Vaistina vet inte vad hon ska ge honom för respons. Han är sarkastisk. Hon ser på honom och inser att hon när som helst kommer att få se en annan sida av honom.

—De har hittat dina fingeravtryck på revolvern. Tänker du säga något?

Danilo slår med händerna i bordet. Ett ljud som får hela bordet att skaka.

—Du hade ingen rätt att dra in Liv i det här!

Danilo har nu en röd ton i ansiktet. Hur kan hon klandra honom?

—Lugna ner dig, sade Vaistina.

—Ingen rätt! Hör du vad jag säger?

—Hon hörde av sig till mig.

—Sluta att ljuga! Liv hade inget med det här att göra.

—Jag ljuger inte. Liv hjälpte mig i fallet.

Vaistina känner hur hennes röst börjar försvinna. Danilo noterar att hennes kroppsspråk har förändrats. Signalerna på ett självsäkert kroppsspråk finns inte längre.

—Sluta att snacka skit. Tror du att du har rätt att göra vad du vill, för att du sitter här med din titel?

Vaistina ser förvånat på Danilo. Hans ord var som att få en pil rakt i hjärtat.

—Varför finns dina fingeravtryck på mordvapnet som dödade Luka Kocic?

Hon tittar på Danilo. Förväntar hon sig att han ska svara på den frågan?

—Jag har inget att säga till dig eller någon annan. Tro på dem.

—Alla involverade gör enbart sitt jobb. Kan du lova mig att det inte var du som mördade honom?

—Det var inte jag.

—Jag kommer att få ut dig härifrån.

—Bry dig inte om det. Det var trevligt så länge det varade. Det är över nu.

Han låter övertygad. Han tittar bort mot väggen i några sekunder och vänder sig sedan mot henne igen.

—Det är över när jag säger att det är över, sade Vaistina. Hon reser sig upp och går mot dörren. Danilo följer hennes rörelser. David och Martin uppmärksammar att det är första gången som Danilo följer henne med blicken på det viset.

—Vaistina! Du har Livs blod på dina händer, det har du väl förstått, sade Danilo.

Vaistina känner hur hon blir svagare i knäna. Hon tar ett djupt andetag och lämnar förhörsrummet.

28

Ett löst fall

Det är en spänd stämning inne i samlingsrummet på kontoret. Vaistina har druckit tre glas vatten. Hon lyckas inte släcka törsten. Det är pärmar och papper på hela bordet: Den vita whiteboardtavlan är täckt med text och fotografier.

—Ni har fel. Det är inte han, sade Vaistina.

—Släpp det nu. Det är för starka bevis, sade Martin.

—Vaistina, åk hem nu. Gör något roligt med pappa. Fallet är löst, sade David.

—Ni har fel. Martin, jag såg allt på nyheterna. Du berättade inget för mig.

—Det är över Vaistina. Du har gjort allt som du kan. Ta Davids råd, åk hem nu, sade Martin.

—Jag har gjort allt jag kan, när jag säger att jag har gjort allt jag kan, sade Vaistina.

Utan några andra ord, väljer Vaistina att lämna rummet. Klockan är 12:18. Hon inser att hon inte hann äta färdigt sin frukost den här morgonen. Hon tar fram mobiltelefonen för att ringa ett samtal, när det plötsligt låser sig i handleden. Mobiltelefonen faller ner på golvet i kontorskorridoren. Hon känner en konstig känsla i kroppen. Vaistina plockar upp mobiltelefonen från golvet och lämnar sedan kontorsbyggnaden.

29

Ett nytt försök

Nästa morgon vaknar Vaistina med huvudvärk. Hon har nästan varit uppe hela natten. Alla händelser från gårdagen är fortfarande otydliga för henne. Hon behöver en värktablett. Hon reser sig sakta upp ur sängen och beger sig in till köket. Lyckligtvis har hon fortfarande några värktabletter i skåpet. Det hade varit bättre om hon åt något innan värktabletten, men det dunkar i huvudet på henne och hon kan inte vänta mer. Väl inne i badrummet ser hon att tvättkorgen är full med smutsiga plagg. Hon känner sig tung i kroppen och kan inte tänka klart. Det ljumma vattnet rinner nedanför kranen i några minuter. Trots att vattnet är ljummet upplever hon att flera isbitar nuddar ansiktet. Håller hon på att bli sjuk? Hon tittar på sig själv i spegeln. En blek Vaistina ser hon i sin spegelbild. Hon står stilla ett tag, men får snabbt en idé. Hon torkar sig i ansiktet och beger sig återigen in till sovrummet. Hon tar tag i mobiltelefonen, som står på nattduksbordet och ringer ett samtal.

—General Patrik Sjöholm.

—God dag generalen! Det är Vaistina Bogdanovic i telefonen. Vi talades vid kring ärendet som rör Danilo Milojkovic.

—Jag minns dig, du är Bogdans dotter.

—Generalen, jag behöver er hjälp, sade Vaistina med en svag ton i rösten.

—Det ser inte bra ut det som rapporteras på nyheterna.

—Finns det någon annan som jag kan tala med?

—Du ska få en adress. Jag kan inte lova att han öppnar, sade generalen tveksamt.

—Okej, gärna omgående.

—Jag skickar det nu. Och du Vaistina, pappa Bobbi har rätt. Du är din mor upp i alla dagar.

—Jag hör av mig. Tack generalen.

De avslutar samtalet och Vaistina får ett meddelande med en adress skickad till sig. Hon ställer ifrån sig mobiltelefonen och beger sig in till badrummet igen. Hon behöver göra sig i ordning innan hon åker i väg.

30

En broders ord

I den här delen av Stockholm har Vaistina aldrig varit. Det kanske hon har, fast hon upplever att hon skulle minnas det om det så var fallet. Det är portkod vid entrédörren. Hur gör hon nu? Hon tittar i porttelefonen, bläddrar nedåt och slår en signal. Det är ingen som svarar. En man i badrock kommer gående innanför porten. Han har sopor i handen.

—Behöver du bli insläppt?

—Tack, snälla ni. Jag ska till Semirovic.

Vaistina åker upp med hissen till våning fem och ringer på dörren. En ung man med skägg öppnar.

—Avaz Semirovic, sade Vaistina.

—Kom in, sade Avaz bestämt.

Vaistina tar av sig ytterskorna och beger sig in till vardagsrummet. Där inne står en ung kvinna. Rummet är smyckat med vackra naturfärger.

—Slå dig ner i soffan. Det här är Edina, min flickvän, sade Avaz.

—Trevligt att träffas. Vill du ha lite kaffe? Jag kan även brygga te om det passar dig bättre, sade Edina.

—Tack, men det är bra så här, sade Vaistina.

—Edina, lämna oss ett litet tag. Vi behöver prata, sade Avaz.

Edina nickar och lämnar rummet: Det är tydligt för Vaistina att kommunikationen inte ser ut att utgöra några problem i den här relationen.

—Sjöholm har berättat för mig att du är envis. Så Vaistina, vad är det du vill veta?

—Hur väl känner du Danilo?

—Han är en vän, broder och familj. Han är allt, förstår du?

—Vilken koppling har han till Luka Kocic? Förutom det att de har varit arbetskollegor.

—Lumpen förenade oss. Alla killar från forna Jugoslavien. Vi höll ihop. Danilo träffade Luka på sin arbetsplats. Han talade om för mig att Luka började att bli konstig efter ett tag. Jag tyckte att den killen var konstig första gången jag träffade honom. Något stämde inte. När Danilo slutade att arbeta där, förändrades saker. Vi slutade att umgås med honom.

—Hur kommer det sig att Danilos fingeravtryck finns på revolvern?

—Vaistina, lyssna. Jag är ingen tekniker, men det är fel individ som sitter inne. Danilo kan ha gjort många saker, men han är ingen mördare. Han är inte som…

Avaz väljer att pausa och tar ett djupt andetag.

—Som? Om du sitter med information som kan hjälpa ärendet, då bör du tala om det för mig, sade Vaistina.

—Danilo kommer att bli hysterisk för att jag sitter här
med dig. Och tro mig, jag skulle göra allt för min broder.
   —Varför har inte du besökt honom sedan han togs in?
Avaz reser sig upp från soffan och tittar på Vaistina.
   —Edina! Visa Vaistina ut, vi är färdiga här.
   —Här är mitt kort. Hör av dig om något annat skulle
falla dig i tankarna.
Avaz tittar på kortet som Vaistina håller i handen. Han
vänder sedan bort blicken och lämnar vardagsrummet.
Vaistina går mot ytterdörren och sätter på sig sina
ytterskor. Edina följer hennes rörelser. Edina får en stark
känsla av att Vaistina enbart vill hjälpa till. Vaistina tittar
på Edina och noterar att hon är bekymrad över något. Det
är som att hon vill berätta något för Vaistina, men hon
håller tillbaka. Vaistina är på väg ut genom ytterdörren,
då Edina tar tag i hennes arm.
   —Vaistina, jag kan ta kortet. Jag är ledsen, men Avaz
är upprörd. De är som bröder.
   —Hör av dig om…
Edina avbryter Vaistina med ett leende på läpparna.
   —Absolut, tack.
Vaistina nickar och lämnar sedan bostaden. Hon tittar
upp i himlen, det är molnigt i dag. Hon ser sig sedan
omkring. Vilket härligt område att bo i, familjärt och
trevligt. En stor lekplats utanför bostadsbyggnaden är
något som Vaistina alltid har haft i åtanke.

$$31$$

En fars kram

Vaistina kliver in i sin bostad. Det doftar hemlagat. Hon har saknat den här doften. Bogdan kommer dansande ut genom köket. Han har en slev i handen och en handduk över den högra axeln. Hur är det möjligt att han kan veta vad Vaistina behöver i den här stunden? Vaistina tittar på Bogdan med ett leende som stäcker sig ända upp till öronen.

—Välkommen till Bogdans kök. Vi har en fantastisk specialitet i dag. Varsågod och kom in, sade Bogdan med en lekfull ton i rösten.

Bogdan går sedan tillbaka in till köket. Vaistina tar av sig sina ytterskor, hänger upp sin kappa på hängkroken i hallen och beger sig in till köket. Det är dukat som i en lyxig restaurang. De sätter sig ner tillsammans vid middagsbordet och njuter av den goda maten. Under en stund glömmer Vaistina bort alla andra händelser. Här och nu äter hon middag med sin far. Efter den goda maten beger de sig in till vardagsrummet. De sätter sig i

soffan och har en konversation om Bogdans passion för
dans.

—Pappa, du har det fortfarande i dig. Nya rörelser?
De kan inte göra annat än att skratta.

—Jag kommer nog att använda magen som trummor.
Jag behöver även ha ljud, sade Bogdan med en skämtsam ton
i rösten.

Bogdan noterar att Vaistina snabbt övergår från att
skratta till att sitta tyst. Vaistina tar ett djupt andetag och
lutar sig tillbaka i soffan.

—Vaistina, är du okej?

Vaistina ger inte Bogdan något svar. Det är inget som
Bogdan är van vid. Hon ger alltid sin far ett svar, oavsett
om hon är ledsen eller glad. Han flyttar närmare henne i
soffan. Bogdan tittar på Vaistina med en varm blick och
ger henne en kram. Hon blundar i sin fars armar. Nu vill
hon inte härifrån. Tänk om det alltid kunde vara så här.
Det känns som ett plåster på såret.

—Känns det en aning bättre? Du vet att vi fortfarande
har glass i kylskåpet, sade Bogdan.

Vaistina ler mot sin far. Hans kram var precis det hon
behövde.

—Jag finns här om du behöver hjälp med något mer.
Ibland stöter vi på motgångar, men jag ser det på det här
viset. Där det finns hav, finns det jord. Det må ta oss ett
tag att simma fram till ytan, men när vi väl har gjort det
kommer vi äntligen att känna jorden under fötterna.

—Tack pappa. Jag älskar dig.

—Jag älskar dig också, kära du.

Bogdan reser sig sedan upp för att gå och lägga sig. Vaistina sträcker sig efter sin mobiltelefon och ringer ett samtal.

—Det är David.

—David, ursäkta att jag ringer så här sent, sade Vaistina.

—Är allt okej?

—Jag behöver din hjälp med något. Kan vi ses vid kontoret i morgon?

—Absolut. Kom in i morgon så pratar vi, sade David.

—Tack. God natt.

—God natt.

Vaistina ställer ifrån sig sin mobiltelefon och lägger sig ner i soffan. Hon tittar upp i taket och sluter sedan ögonen. Några sekunder senare somnar hon i soffan.

32

En god analys

På nyheterna ha de utfärdat en varning. Kraftig vind och över sju millimeter regn kommer att svepa in i storstaden Stockholm den här morgonen. Vaistina funderar på om det var klokt att ta bilen in till kontoret. Hon tittar på sig själv i backspegeln och inser att hon har glömt att smörja in ansiktet med ansiktskräm. Hur kunde det här hända? Det är hennes vardagliga rutin och nu lär hon vara torr i ansiktet i stället. Hon har lyckats att ta sig fram till kontorsbyggnaden. Det är fler bilar än vanligt den här morgonen. Hon parkerar bilen och beger sig upp till kontorssalen.

—Tack för att du kunde komma in så här tidigt, sade Vaistina.

—Självklart. Är allt som det ska vara? Du lät bekymrad i mobiltelefonen, sade David.

—Jag behöver få se på övervakningsfilmen.

—Vaistina, du vet att jag inte kan hjälpa dig med det. Beslutet är fattat.

—David, snälla. Jag känner att vi har missat något.

—Martin var tydlig med att du skulle släppa det här nu. Kom, vi går och äter frukost. Jag har en timme på mig innan jag bör vara tillbaka, sade David med en mjuk ton i rösten.

—Du vet att jag inte hade bett dig om hjälp om jag inte hade känt att det är nödvändigt. Snälla, enbart den här gången.

David tittar på Vaistinas vilsna ögon. Han kan inte neka henne hjälp. David talar med teknikerna i mobiltelefonen och de ger honom tillåtelse att få se på materialet. Vaistina tittar på hur en revolver inhandlas av Danilo på övervakningsfilmen. Hon studerar hans rörelser när han kommer in och när han diskuterar med säljaren i kassan. Danilo gör en rörelse där han sträcker ut nacken på vänster sida. Vaistina ber teknikerna att spela upp den delen av filmen igen. Danilos tjocka tröja med huva täcker inte nacken under några sekunder.

—Där, såg ni? Kan ni spela upp den delen igen?

Vaistina noterar att en tatuering återfinns på sidan av Danilos nacke. Hon är säker på att hon inte har sett den på Danilo under förhöret.

—Han har en tatuering. David, såg du?

David ber teknikerna att titta på materialet och den text som har dokumenterats i ärendet. Det står inget om någon tatuering.

—Har han genomfört ett lögndetektortest?

—Ja, det har han, sade David.

—Och?

—Han svarade ärligt på samtliga frågor.

Vaistina tittar på teknikerna med en fundersam blick. Något stämmer inte. Plötsligt slår det henne. Hon minns general Patrik Sjöholms ord, "Danilo kan vara en hel del, men han är inte en mördare".

—Vilken hand avfyrades vapnet med?

—Vänster hand, sade David.

—Danilo är högerhänt. Vi måste tillbaka, sade Vaistina raskt.

Det är ett intensivt möte i kontorssalen. Tatueringen har väckt frågor. Efter ett förtydligande att Danilo inte klarade av att genomföra vissa uppgifter med vänster hand, dokumenterades därav att han är en högerhänt individ.

—Lyssna på mig, det är inte han. Han har dessutom passerat lögndetektortestet, sade Vaistina.

I samma stund får Martin en bekräftelse på att Danilo kommer att frikännas. En undersökning inleds på grundval av att fingeravtrycken kan vara manipulerade. Vaistina sätter sig ner på stolen och pustar ut. Danilo Milojkovic kommer att frikännas.

33

Ändrade planer

Vaistina känner en lättnad på väg hem i bilen. Hon har inte ont i huvudet längre. Hon andas in med långa djupa andetag. Det hon skulle kunna behöva nu, är en strand och havsvatten som hon kan simma i. Hemma hos Vaistina har Bogdan gjort sig i ordning för en utekväll. Han dansar framför spegeln.

—Pappa, vad stilig du är, sade Vaistina.

Bogdan kliver fram till Vaistina och ger henne en puss på kinden. Han ställer sig sedan framför spegeln igen. Vaistina ler och beundrar sin fars utstrålning.

—Det är väl inte för mycket med en fluga? Ska jag ha slips i stället?

—Jag tycker att du klär i fluga.

—Fluga får det bli, sade Bogdan med ett leende på läpparna.

Vaistina beger sig in till köket och häller upp ett glas apelsinjuice. Hon har inte fått i sig någon vätska på ett bra tag.

—Är du säker på att du inte ska följa med? Du är också bjuden, sade Bogdan.

—Du får gratulera Aleksa på födelsedagen. Jag behöver få vila, det har varit många intensiva dagar, sade Vaistina med en trött röst.

—Tänk dig att grabben fyller fyrtio år. Han och din bror Vasilije har varit vänner sedan förskoleåren. Det känns som att det var i går jag körde dem till fotbollsträningarna.

—Ni lär ha det trevligt i kväll.

—Då var kavajen på. Hur ser jag ut?

—Gudomlig, sade Vaistina.

—Jag åker nu. Vi ses senare, kära du.

Vaistina stänger ytterdörren efter sin far. Hon plockar fram sina nattkläder och lägger sig i sängen. Det var ett tag sedan hon upplevde att hon kunde slappna av på det här viset. Hon är på väg att somna och då ringer det i mobiltelefonen.

—Vaistina Bogdanovic.

—Hej Vaistina! Det är Edina i telefonen. Du var på besök hos mig och Avaz för att tala om Danilo.

—Hej Edina! Tack för att jag fick möjligheten att tala med er.

—Jag undrar om jag kan få bjuda dig på middag. Jag vill uttrycka min tacksamhet för det du gjorde för Danilo.

—Det behöver du inte göra. Jag höll mig enbart ajour under den här perioden.

—En fika får det bli. Jag kommer inte att acceptera ett nej, sade Edina nervöst.

Vaistina skrattar i telefonen. Hon inser att Edina är lättsam att tala med. De låter nästan som två vänner.

Vaistina hinner inte ge Edina ett svar, då Edina tillägger fort.

—Toppen! Då skickar jag en adress till dig. Vi ses i kväll klockan 20:00, sade Edina.

Edina avslutar samtalet och det bryts i mobiltelefonen. Det var något nytt som Vaistina fick uppleva. Hon gick inte med på att träffa Edina i kväll. Förväntar hon sig att Vaistina ska göra det ändå? Vaistina reser sig upp ur sängen och tittar ut genom fönstret. Hon funderar på vad hon ska klä på sig. Det är kyligt utomhus. Inte något för festligt, hon ska enbart träffa Edina för att fika. Det är tanken efter allt.

34

Ljuskronan

Vaistina kliver in i en restaurang i centrala Stockholm. Nästan alla platser är upptagna. Hon inser att hon har varit uppslukad av allt arbete och att det har fått henne att missa vissa saker. Det är många individer samlade på en och samma plats. De skrattar och njuter av tiden tillsammans. Den stora ljuskronan i taket är ett konstverk för sig. Hon kliver fram till trappstegen och försöker att se om Edina befinner sig i restaurangen. En ung kvinna reser sig upp och vinkar till Vaistina. Vaistina noterar att hon inte sitter ensam. Det är flera individer vid bordet. Vaistina kliver fram till bordet. Hon är klädd i en röd figursydd klänning. Till den har hon satt på sig ett par skor med klackar. Hon inser fort att Danilo finns bland samtliga individer. Han reser sig upp och tittar på henne.

—Vaistina, vad roligt att du kunde komma. Ledsen att jag inte nämnde det under vårt samtal, men vi har fått sällskap, sade Edina med ett leende på läpparna.

Vaistina ser förvånat på Edina. Hon ler och tittar sedan på Danilo. Hon känner hur värmen börjar att stiga uppe i nacken på henne. Det här har hänt förut.

—Det här är gänget, sade Edina.

Alla hälsar henne välkommen. Avaz, Edinas pojkvän, är också närvarande. Samtliga är uppklädda och det ser nästan ut som att de firar något.

—Och Danilo har du redan träffat, tillade Edina med en skämtsam ton i rösten.

Hela gruppen försöker att dölja sina leenden.

—Vaistina, slå dig ner, sade Edina.

Vaistina ler och är på väg att dra ut stolen, då Danilo kliver fram till henne. Han drar ut hennes stol och tar hennes kappa. Vaistina ser fundersamt på honom. Hon är inte van vid Danilo på det här viset. Hur kan hon vara det? Hon känner inte honom. Hon har enbart träffat honom under förhören.

—Tack, sade Vaistina.

Danilo nickar mot Vaistina och sätter sig på sin stol igen.

—Firar ni något?

—Vi vill tacka dig för det du gjorde för Danilo, sade Edina.

—Jag gjorde enbart mitt jobb, sade Vaistina.

—Danilo, du kanske vill tillägga något?

Danilo nickar och vänder sig mot Vaistina. Under ett ögonblick känns det som att det enbart är de två i rummet. Vaistina ser sig omkring och noterar att samtliga i gruppen tittar på dem två. Nu blev det obekvämt för henne. Tänker han tala snart? Hennes tankar cirkulerar i flera kilometer utan någon broms.

—Tack. Det är andra gången som jag tackar dig på det här viset, sade Danilo.

Danilo är någorlunda blyg. Eller har hon misstagit sig? Vaistina nickar tillbaka och ser att alla har drinkar stående på bordet.

—Vad dricker ni?

Hon sträcker sig efter Danilos drink och luktar på den. Det doftar starkt.

—Är inte den för stark för dig?

Vaistina tittar på Danilo med en intensiv blick och smakar sedan på drinken. Avaz hostar några gånger och ger Danilo en lätt knuff på armen. Vaistina känner hur det börjar svida i halsen på henne. Hon tittar på Danilo, men lyckas inte få fram några ord.

—Är du okej?

—Apelsinjuice får det bli, sade Vaistina.

Det blir en lättsam stämning runt bordet. De skrattar åt Vaistinas försök att dricka ur Danilos glas. De beställer mat och njuter av varandras sällskap. Danilo uppmärksammar att Vaistina har ett specifikt armband på sin handled.

—Det är vackert och inte något som man ser varje dag. Har den någon betydelse?

—Den var min…

Vaistina hinner inte avsluta sin mening, då Edina avbryter henne.

—Vaistina, jag fick en bra känsla när du var hemma hos mig och Avaz.

Vaistina ler mot Edina. Vilken genuin individ. Vaistina lyssnar på hur Edina talar gott om Danilo och alla i gruppen.

I nästa stund gäspar Vaistina och inser att tröttheten håller i sig.

Hon tittar på sin klocka och beslutar sig för att ge sig i väg.

—Tack för den här trevliga stunden. Jag behöver åka nu, sade Vaistina.

Hon reser sig upp från stolen och Danilo gör detsamma.

—Jag kan köra dig hem, sade Danilo.

—Tack, men jag åkte hit med bilen. Dessutom tycker jag inte att du ska köra efter alla glas, sade Vaistina.

—Du har rätt. Är du alltid så här omtänksam?

Vaistina ler mot Danilo. Alla i gruppen hoppas på att få träffa henne igen. Hon vänder sig sedan om och lämnar restaurangen. Danilo sätter sig återigen ner på stolen. Avaz tittar på Danilo och inser att han är en aning lättad.

—Det gick ju bra, sade Avaz med en skämtsam ton i rösten.

Avaz har en tendens att ständigt skämta med Danilo.

—Jag menar, hon smakade på din drink, sade Avaz.

De båda skrattar som små barn. Danilo pustar ut och tittar upp mot taket. Den stora ljuskronan lyser fortfarande in i hela restaurangsalen. Hon är verkligen ett konstverk för sig.

35

En omställning

Vaistina har bestämt sig för att ta sovmorgon. Det blev många oväntade händelser i går kväll. Klockan är 08:18 och Vaistina vaknar av att mobiltelefonen ringer. Hon vrider på sig ett antal gånger och sätter kudden över huvudet för att inte höra ljudet. Det slutar att ringa. Hon lyfter bort kudden och sätter den under huvudet igen. Hon försöker att somna om, när det välkända ljudet låter igen. Vad är det nu? Hon sträcker sig efter sin mobiltelefon och ser att det är ett samtal från utlandet. Det är nog någon som har ringt fel. Hon väljer att inte svara och ställer ifrån sig mobiltelefonen. I samma stund får hon ett meddelande som är skickat från hennes nya arbetsplats. Hon blir en aning stressad. Hon behöver ringa upp, annars kan de få uppfattningen att hon inte är seriös. Det här var verkligen inte väntat, inte så här tidigt på morgonen. En signal, två signaler, tre signaler. En engelsktalande man svarar i telefonen. Vaistina ber om ursäkt för att hon missade samtalet. Den trevliga mannen skrattar och talar om för Vaistina att han förstår. Hon får reda på att hon kommer att behöva flyga in för ett antal möten redan innan nyår. Mannen berättar även att flera vill träffa henne för att diskutera det unika manuset som hon har skrivit. Vaistina inser att hon kommer att behöva flytta innan nyår. Det här blev en omställning. Hon skulle börja veckan efter det nya året. Hur gör hon nu? Hon tar några djupa andetag och beslutar sig för att godkänna den förfrågan. Mannen blir lättad och glad. Han talar om för Vaistina att alla på arbetsplatsen ser fram emot att träffa henne och att hennes chef kommer att kontakta henne framöver. Vaistina tackar för samtalet och önskar honom en trevlig dag. Efter samtalet är hon tagen och någorlunda chockad. Hon behöver boka om sin flygbiljett snarast möjligt. Det här innefattar att hon inte kommer att fira nyår med sin familj heller. Hennes far Bogdan är förväntansfull och har gjort många planer inför nyår. Hon tar sig för pannan. Hur ska hon dela det här med familjen? Hon kommer att behöva flytta tidigare än vad hon förväntade sig. I går kväll blev det ingen dusch. Även den röda klänningen ligger på kanten av sängen. Somnade hon verkligen så fort?

36

En tredje gång

Vaistina kliver ut ur badrummet. Hon har tillbringat trettio minuter i duschen och det brukar hon aldrig göra. Klockan är 10:00 och hon slår på tv:n i vardagsrummet. Danilos fotografi återfinns på nyheterna. Hon höjer volymen för att höra. Danilo är återigen efterlyst för mordet på Luka Kocic. Det kan inte vara sant. Hur är det här möjligt? Vaistina sträcker sig efter sin mobiltelefon för att kontakta Martin. I samma stund ringer Edina till Vaistina.

—Det är Vaistina.

—Vaistina, jag behöver träffa dig. Jag hämtar dig med bilen om trettio minuter. Vi ses då.

Edina avbryter samtalet. Det var inte den glada Edina från i går kväll. Hur kan hon vara det? Hon har nog sett vad som har rapporterats på nyheterna. Vaistina funderar kring huruvida hon ska kontakta Martin eller inte. Hon bestämmer sig för att inte göra det. Hon ställer ifrån sig mobiltelefonen och börjar att göra sig i ordning. Edina är framme om trettio minuter.

<h1 style="text-align:center">37</h1>

Ett rop på hjälp

Vaistina ser att Edina sitter och väntar på henne i bilen utanför hennes bostadsbyggnad. Hon kliver in och sätter sig i passagerarsätet. Edina är blek i ansiktet. Hon tittar på Vaistina och ser hjälplös ut.

—Vaistina, vi behöver din hjälp. Det är viktigt att det stannar mellan oss.

—Hur menar du? Du har förmodligen sett nyheterna. Det är en del att ta in. Jag har inte hunnit att kontakta någon ännu, därav vet jag inte vad som kan ha skett.

—Vi behöver åka nu. Spänn fast säkerhetsbältet, sade Edina med en stressad ton i rösten.

—Vart är vi på väg? Edina, du behöver förklara för mig så att jag kan förstå vad jag ska hjälpa dig med.

—Lita på mig. Jag vet att det är för mycket begärt, men du gav mig ditt visitkort. Jag behöver din hjälp.

Edina tittar på Vaistina med gråtfyllda ögon. Edina vänder sig sedan mot ratten, startar bilen och de kör i väg. Edina talar inte med Vaistina under bilresan. De har nu åkt i trettiofem minuter. Edina kör upp på en uppfart med många bostadsbyggnader och parkerar bilen.

—Vi är framme. Följ med mig, sade Edina.

Vaistina kliver ut ur bilen och följer med Edina in till en utav bostadsbyggnaderna. Edina trycker på våning åtta i hissen. Det är en märklig tystnad. De två tittar enbart på varandra medan hissen åker upp till våning åtta. Edina går mot vänster, ställer sig framför en dörr och knackar tre gånger. Vaistina noterar att någon med efternamnet Bergström är bosatt här. En ung man öppnar ytterdörren. Edina kliver in och ber Vaistina att följa henne. Det är en stor bostad med gott om utrymme. De beger sig in till ett arbetsrum. Där inne sitter Danilo och vissa individer från gårdagen. Danilo reser sig upp och tittar på Vaistina.

—Vaistina, slå dig ner, sade Danilo.

Vaistina ser sig förvånat omkring. Ansiktsuttrycken har förändrats från i går kväll. Glädjen och tacksamheten, finns inte i rummet längre. Alla möter Vaistina med blicken. Hon står fortfarande upp. Ska hon lämna bostaden eller ska hon sätta sig ner?

—Slå dig ner. Jag behöver tala med dig, sade Danilo.

—Vaistina bestämmer sig för att sätta sig ner på en stol. Arbetsrummet är elegant inrett med mörka nyanser, där mörkblått är en central färg. Rummet har en specifik personlighet. Vaistina upplever att färgerna framhäver en rogivande miljö.

—Kom och sätt dig bredvid mig. Det finns gott om plats här i soffan, sade Edina.

—Tack, men jag sitter bra här, sade Vaistina.

—Det här är Adam Bergström, en god vän till mig. Det är hans bostad som vi befinner oss i, sade Danilo.

Vaistina nickar mot Adam. Han bemöter henne med ett leende.

—Varför är jag här?

—Jag behöver din hjälp. Du håller dig uppdaterad, så jag antar att du har sett vad som har rapporterats på nyheterna, sade Danilo.

—Jag har inte hunnit kontakta någon ännu. Jag vet inte varför du återigen är efterlyst, sade Vaistina.

—Tror du att jag gjorde det?

—Jag kan inte avgöra huruvida du är skyldig eller oskyldig.

—Vaistina, svara på min fråga. Vad är din uppfattning? Att jag är skyldig, sade Danilo.

Han sätter armarna i kors och tar ett djupt andetag.

—Utifrån det som jag har kunnat ta del av, har jag inte den uppfattningen. Jag hade inte engagerat mig i att…

Vaistina avslutar inte den meningen. Det blir tyst i några sekunder.

—Engagerat dig i att? Motbevisa fakta? Jag är tacksam för det du har gjort för mig, jag visade det i går kväll.

Det blir en spänd stämning i rummet. Vaistina reser sig upp, ser sig omkring och tittar sedan Danilo rakt i ögonen.

—Varför är jag här?

—Kan ni andra lämna oss en stund?

Samtliga väljer att lämna rummet. Danilo sätter sig på en stol närmare Vaistina. Hon lutar sig tillbaka i stolen och söker efter någon form av tröst.

—Du är en intellektuell ung kvinna. Vid det här läget har du nog klurat ut att något inte stämmer.

Vaistina tittar på Danilos kroppsspråk. Det är nästan som att han inte vet hur han ska tala med henne.

—Jag behöver din hjälp, sade Danilo.

—Jag arbetar inte på den arbetsplatsen längre. Jag kan be kollegorna att hjälpa dig i ärendet.

Danilo skrattar. Han reser sig upp från stolen och går bort till arbetsbänken. Vaistina kan tydligt se att han inte fick svaret som han hade förväntat sig att få.

—Dina arbetskollegor? Ska de hjälpa mig? Skämtar du med mig?

—Ja, jag ska tala med dem. Vi har arbetat tillsammans i det här ärendet.

—Vaistina, jag behöver din hjälp. Enbart din, sade Danilo bestämt.

—Jag är inte säker på om jag förstår vad du menar.

—Någon försöker att sätta dit mig.

—Du behöver överlämna dig själv. Du är efterlyst igen. Mina kollegor kommer att ta hand om ärendet, sade Vaistina. Hon knäpper upp kappan och justerar sin position på stolen. Hon känner sig obekväm.

Vaistina, det är inte första gången som det här sker. Om det inte var för ditt engagemang, hade jag inte suttit här nu.

—Jag förstår. Jag ska kontakta kollegorna och ta reda på vad som har skett.

—Vaistina, jag har inte mördat någon.

—Jag hör vad du säger. Låt de ansvariga sköta det här, det kommer att lösa sig.

—Du får inte berätta för någon att vi har träffats. Jag kommer att invänta på svar från ditt håll. Ställ mig inga fler frågor just nu.

—Hur ska du…

—Oroa dig inte för den biten. Jag talade precis om för dig, inga fler frågor.

Vaistina reser sig upp från stolen och går mot ytterdörren. Edina följer henne ut.

—Jag har beställt en taxi till dig. Jag behöver stanna här med Danilo och de andra, sade Edina.

—Okej, tack.

—Vaistina, jag vet att det är mycket att ta in. Snälla, hjälp oss. Danilo är inte skyldig.

—Taxibilen är här. Jag behöver åka, sade Vaistina. Edina vinkar av henne. Vaistina åker i väg från platsen med en klump i halsen. Edinas ord har lämnat ett djupt intryck på henne. Vad ska hon göra nu?

38

Tick-tack

Vaistina är kluven. Under hela taxiresan hem kunde hon inte tänka på annat än mötet med Danilo. Klockan är 14:00 och hon har fortfarande inte ätit lunch. Hon behöver ringa till Martin. Hon sträcker sig efter sin mobiltelefon som står på soffbordet i vardagsrummet. I samma stund kontaktar Martin henne.

—Det är Vaistina.

—Vaistina, hur står det till?

—Jag har haft bättre dagar. Martin vad är det som pågår?

—Jag antar att du har tittat på nyheterna.

—Vad är det frågan om? Hur kunde det bli så här återigen?

—Vaistina, jag behöver ställa dig några frågor, sade Martin med en mjuk röst.

—Jag förstår inte vad du menar. Ställa mig några frågor?

—Har du haft någon kontakt med Danilo sedan han frikändes?

Vaistina är förvånad över Martins fråga.

—Vad är det du antyder?

—Vaistina, han är efterlyst och behöver överlämna sig själv.

—Vad menar du?

—De har inte lyckats finna Danilo ännu. Han är fortfarande på fri fot.

—Martin, ni behöver reagera. Något stämmer inte. Det är inte han som har gjort det, sade Vaistina med en orolig ton i rösten.

—Det är andra kollegor som kommer att ta över ärendet. Det blir bäst så, sade Martin övertygat.

—Bäst så? Ska ni enbart låta det vara på det viset?

—Vaistina, om du vet något, så behöver du tala om det för mig nu.

Vaistina blir tyst i några sekunder. Hon har svårt att förstå varför de väljer att släppa ärendet. Hon tar ett djupt andetag och tittar på den stora klockan som hänger på väggen i vardagsrummet.

—Vaistina, är du kvar?

—Jag vet inget. Jag har några ärenden, så jag behöver kila i väg nu. Hej, så länge, sade Vaistina.

Vaistina avslutar samtalet abrupt. Hon sätter sig ner i soffan och fortsätter att titta på den stora klockan. Det är en tystnad. Nu låter enbart visarna i bostaden. Tick-tack, tick-tack, tick-tack…

39

Spegelbild

Vaistina har varit uppe hela natten och sökt efter information i databasen. Hon finner inget som kan ge henne relevanta spår. Klockan är 06:18. Vaistinas magkänsla är oundviklig. Hon upplever att något inte går ihop. Det är tidigt på morgonen, men hon känner att hon behöver ringa det här samtalet.

—Det är Edina.

—Edina, det är Vaistina i telefonen.

—Vaistina, du ringer rätt så tidigt. Är allt okej?

—Vi behöver ses, sade Vaistina med en svag ton i rösten.

—Absolut, kan du åka ut till samma plats som sist?

—Vi ses där.

Det är som att Edina har kännedom om att något inte har gått enligt planerna. Vaistina reser sig upp ur soffan och går mot badrummet. I samma stund kommer Bogdan ut från gästsovrummet.

—Kära Vaistina, har du sovit något? Du ser alldeles blek ut.

—Det är en hel del nu innan flytten. Oroa dig inte, jag mår bra.

—Tråkigt att vi inte kan fira nyår tillsammans. Jag kommer och hälsar på i din nya bostad när du väl har flyttat, sade Bogdan med ett leende på läpparna.

—Tack för din förståelse, pappa. Behöver du använda badrummet?

—Nej, jag behöver dricka ett glas vatten. Kila in du.

—Vill du äta middag i kväll?

—Jag tänkte att du aldrig skulle fråga, sade Bogdan generat.

—Förlåt, pappa. Jag, du och Vasilije kan väl äta middag i kväll? Du får välja var du vill att vi äter, sade Vaistina. Bogdan blir exalterad. Han kliver fram till Vaistina och ger henne en puss på huvudet.

—Vilken härlig start på dagen. Jag kontaktar Vasilije lite senare. Vi ses i kväll, kära du, sade Bogdan.

Vaistina kliver in i badrummet för att göra sig i ordning. Hon tittar på sig själv i spegeln. Hennes far har rätt, hon har förlorat färgen i ansiktet. En avkopplande dusch kommer nog att få henne en aning återställd.

40

Ingen distans

Vaistina kliver fram till dörren och knackar. Liksom sist är det Adam Bergström som öppnar. Han hälsar henne välkommen och visar henne in till arbetsrummet. Där inne sitter Danilo, Avaz och Edina. Det är färre individer den här morgonen. Edina kliver fram till Vaistina och ger henne en kram. Vaistina är förvånad över Edinas gest.

—Tack, för att du kunde komma. Slå dig ner, sade Edina.

Vaistina sätter sig intill Edina. Vilken bekväm soffa. Hon funderar på om soffan finns i någon annan nyans.

—Vill du ha kaffe eller te? Jag har även apelsinjuice, sade Adam.

Vaistina tittar på Danilo. Det är uppenbart att han har bett Adam att inhandla apelsinjuice.

—Tack, men inte just nu, sade Vaistina.

—Kan ni lämna oss en stund. Jag vill tala med Vaistina i enrum, sade Danilo.

De andra lämnar rummet och stänger dörren efter sig. Danilo noterar att Vaistina inte är sig själv. Hon är mer tillbakadragen än någonsin.

—Vill du ha ett glas vatten?

—Tack, men det är bra så här, sade Vaistina.

—Har du sovit något?

—Danilo, har du kännedom om varför du återigen är efterlyst?

Danilo tittar på Vaistina med en intensiv blick.

—Vad har dina kollegor sagt?

—Det är andra som kommer att ha hand om ärendet framöver.

Danilo nickar med huvudet, reser sig upp och går ut genom dörren. Vart ska han nu? Tänker han enbart lämna henne sittande så här? Danilo kommer tillbaka med ett glas kall apelsinjuice i handen.

—Varsågod. Du behöver få tillbaka färgen i ansiktet.

Vaistina dricker upp all apelsinjuice ur glaset. Inte ens hon själv hade någon aning om att hon var törstig.

—Vill du ha ett till glas apelsinjuice?

—Tack, det är bra så här.

—Det sa du sist också, sade Danilo med en skämtsam ton i rösten.

Vaistina kan inte låta bli att le.

—Danilo, om du vet varför det har blivit så här, då behöver du tala om det för mig.

Danilo sätter sig närmare Vaistina. Han tittar på henne och under några sekunder glömmer hon bort alla negativa händelser.

—Jag har en uppfattning om att någon försöker att sätta dit mig, sade Danilo.

Vaistina bemöter Danilo med blicken. Äntligen bekräftar orden hennes magkänsla.

—Jag delar nog också den uppfattningen.

—Du hade väl inte suttit här annars. Jag behöver kolla upp vissa saker, sade Danilo.

Danilo sträcker sig efter vissa dokument på soffbordet. I samma stund noterar Vaistina ett halsband runt Danilos hals. Det är inget alldagligt halsband.

—Ett sådant halsband ser man inte varje dag. En nyckel som hänger?

—Jag fick den av min mor, strax innan hon gick bort. Vaistina tar tag i halsbandet. Hon har aldrig varit så här nära Danilo tidigare. Han rycker inte ifrån, utan sitter kvar. Hon uppmärksammar att den nyckeln inte är en vanlig nyckel.

—Det finns ett nummer på den här nyckeln. Nummer tre, säger det dig något?

—Det har jag inte lagt märke till, sade Danilo förvånat. De tittar på varandra och helt plötsligt känner Vaistina hur värmen stiger i nacken på henne. Hon släpper nyckeln och fortsätter att titta på Danilo.

—Det här är vad jag har kunnat få fram om min mors bortgång. Jag behöver din hjälp att kolla upp vissa saker.

—Vad menar du med att kolla upp? Danilo, jag arbetar inte på den arbetsplatsen längre. Dessutom är du efterlyst.

—Jag menar inte så. Du är en klok kvinna och kommer nog att kunna se något som jag kan ha missat.

—Okej, jag kan gå igenom dokumenten.

—Tack, sade Danilo med en lättnad.

—Jag anser att du fortfarande bör överlämna dig själv.

—Jag kommer att överlämna mig själv, om det här inte löser sig.

—Tänker du stanna här under tiden?

—Jag litar på Adam och han litar på mig.

—Jag behöver åka nu, sade Vaistina.

—Jag följer dig ut.

De andra tackar Vaistina för hennes besök. Edina kliver återigen fram till Vaistina och ger henne en kram. Vaistina ler mot Edina. Edinas tacksamhet lyser igenom i hela bostaden. Vaistina och Danilo beger sig ut genom dörren och ner till Vaistinas bil. Danilo öppnar bildörren för Vaistina. Hon är på väg att sätta sig, då Danilo stänger bildörren igen. Hon ser förvånat på honom.

—Tack, för att du kom. Jag är skyldig dig en tjänst, sade Danilo.

Hon ler mot honom. Det går inte att låta bli. Hon hade önskat att hon kunde hålla masken uppe, men det går inte. På andra sidan gatan kör en röd sportbil in och parkerar. Det är Aleksa, Vasilijes vän som sitter i bilen. Han följer interaktionen mellan Danilo och Vaistina och är förvånad över att se henne där. Danilo öppnar återigen dörren för Vaistina. Hon sätter sig i bilen och börjar att köra längs gatan. Aleksa följer henne med blicken. När hon har åkt i väg, väljer han att lämna platsen.

41

Den bästa medicinen

Vasilije är försenad till middagen. Vaistina och Bogdan njuter av varandras sällskap i en restaurang i Stockholm. De är vana vid att Vasilije kommer för sent, det är något som han har i blodet. Bogdan tittar mot entrédörren och ser att Vasilije kliver in. Han har ett leende på läpparna och är elegant klädd. Lite mer än förväntat.

—Klockan är 19:15. Nästa gång börjar jag att ta betalt för varje sen minut, sade Vaistina med en skämtsam ton i rösten.

—Kära Vasilije, försenad igen? När ska du lära dig?

—Förlåt, jag vet att jag är sen, men jag ska berätta varför, sade Vasilije.

Låt mig gissa, du har köpt en tidig julklapp till mig och Vaistina, sade Bogdan.

Vasilije skrattar så högt att det låter i hela restaurangen. Även gästerna tittar sig försiktigt omkring.

—Jag har träffat en fantastisk kvinna. Det är inte lätt att vara jag. Jag finner inte tiden att dejta. Hon är däremot speciell och förstående, sade Vasilije glatt.

—Äntligen sker något vettigt vad avser dig. Blir jag farfar snart?

—Pappa, det fungerar inte så. Allt har sin tid, sade Vasilije.

—Du har sagt så i tio år nu. Jag hoppas att jag slipper höra det i ett till decennium, sade Bogdan.

Vasilije kliver fram till Vaistina och ger henne en puss på kinden.

—Kära syster, är allt okej?

—Det är bra med mig. Slå dig ner, så att vi kan beställa.

—Vasilije, med tanke på att du återigen är försenad, så får du bjuda på middagen. Se det som en kompensation för allt besvär, sade Bogdan.

Alla tre brister ut i skratt. Vaistina inser fort att hennes familj är den nödvändiga medicinen i alla svåra tider. Tillsammans med dem glömmer hon bort alla problem.

—Beställ det ni vill äta till middag, jag bjuder, sade Vasilije med ett leende på läpparna.

Middagen serveras och de njuter av tiden tillsammans. Efter ett tag blir deras konversation avbruten, då Vasilije får ett samtal. Vaistina noterar att Vasilije ändrar ansiktsuttryck under konversationen. Han avslutar samtalet och ställer ifrån sig sin mobiltelefon.

—Jag behöver låna toaletten. Jag är strax tillbaka, sade Bogdan.

Bogdan går i väg till toaletten. Vaistina uppmärksammar att Vasilije ser en aning irriterad ut.

—Är allt som det ska vara? Vem var det som kontaktade dig, om jag får ställa frågan?

—Vaistina, är allt okej med dig? Om det skulle vara något som bekymrade dig, då hade du talat om det för mig, inte sant?

Vaistina är förvånad. Samtidigt är hon inte det. Hennes bror känner henne bättre än någon annan. Hon tittar honom rakt i ögonen. Det enda hon klarar av att tala om för honom, är något helt bortom den reella sanningen.

—Jag mår bra. Självklart hade jag talat om det för dig, det vet du redan.

Vasilije nickar och sänker blicken. Någonstans ser hon att hennes bror är besviken.

—Det var Aleksa. Han bad mig att hälsa till dig och pappa, sade Vasilije.

Vasilije fortsätter att äta sin middag. Bogdan är nu tillbaka vid bordet och de inleder en konversation om sporten. Vaistina funderar på om hon ska berätta för Vasilije om interaktionen som hon har haft med Danilo. Hon ljög precis för sin egen bror. Eller gjorde hon det? Vaistina väljer att ta del av konversationen som hennes far och bror har. Efter en stund lutar Vaistina sig tillbaka i stolen och betraktar hur Bogdan och Vasilije interagerar med varandra. Om enbart hon kunde vara här.

42

Förståelse

Vaistina vaknar upp nästa morgon och inser att det är ljusare än vanligt. Hon ställer sig intill sovrumsfönstret och ser att det snöar utomhus. Hon beger sig in till vardagsrummet och slår på tv:n. På nyheterna rapporteras det att Danilo Milojkovic fortfarande är efterlyst för mordet på Luka Kocic och befinner sig på fri fot. Meteorologen varnar för stora mängder snö i olika delar av Sverige. Jultider närmar sig och Vaistina behöver åka i väg för att inhandla julklappar. I dag får det bli varma kläder. Det är relativt mycket trafik på gatorna i Stockholm. Vaistina har suttit fast i bilkön i över tjugo minuter. Kommer hon någonsin att ta sig fram? Hon observerar hur andra bilar åker i olika riktningar. Det går inte heller att missa alla individer som promenerar fram och tillbaka på trottoarerna. Alla har sina egna destinationer som de ska till. När Vaistina kommer fram till ett köpcenter, parkerar hon bilen utanför och beger sig sedan in. Hon har länge funderat på vad hon ska ge bort i julklapp. I år får det bli böcker. Hon kliver in i en stor bokhandel och finner två kraftfulla böcker. Framme vid kassan bevittnar hon en incident. En äldre herre är besviken på att personalen inte finner boken som han vill inhandla. Han blir upprörd och klagar på personalen. Vaistina blir förvånad över den äldre herres uttalande och bestämmer sig för att lugna ner honom.

—Ursäkta herrn, jag hör att ni söker efter en specifik bok och att den inte finns att inhandla i bokhandeln. Jag kan tala om något för er. Det är snart jultider, bokhandlarna liksom förlag har mycket att göra vid den här perioden på året. De gör så gott de kan. Jag är säker på att personalen kan hjälpa er att finna en annan bok, som kommer att vara er till nytta, sade Vaistina.

Den äldre herrn nickar mot Vaistina och tar ett djupt andetag. Han ber sedan personalen om ursäkt för sitt utbrott. Vid det här läget har det hunnit bli en lång kö bakom Vaistina. Den äldre herrn får hjälp av personalen att finna en ny bok och tackar för deras förståelse.

—Tack, för din hjälp, sade butikschefen Anna.

—Du behöver inte tacka mig för någonting. Det känns bra när saker löser sig, sade Vaistina.

—Det är två utmärkta bokval.

—Tack. Jag hoppas att min far och bror uppskattar dem som julklappar.

—Vill du att jag slår in dem?

—Ja, gärna, sade Vaistina med ett leende på läpparna.

—Det här får du av mig. Se det som en tidig julklapp och för din omtänksamma gest i dag, sade Anna glatt.

—Tack, det var snällt av dig, sade Vaistina.

—Jag önskar dig en god jul.

—Jag önskar dig detsamma.

Vaistina lämnar bokhandeln och strax utanför ingången ser hon en väninna komma gående.

—Hej, kära vän! Det var länge sedan sist, sade Victoria.

—Hej! Är du ute och julhandlar?

—Ja, det stämmer. Jag vill undvika stressen när juldagarna närmar sig.

—Blir det böcker i år?

—Det är tanken. Har du funnit några spännande böcker?

—Det blev en bok till pappa Bogdan och en till Vasilije, sade Vaistina.

—Jag tvivlar inte på att de blir glada i jul, sade Victoria.

—Pappa är ledsen över att vi inte kommer att fira nyår tillsammans, så jag får nog gottgöra honom med ett härligt julfirande i stället, sade Vaistina samtidigt som hon letar efter bilnycklarna i fickan.

—Gratulerar till den nya arbetsplatsen. De är nog nyfikna på det nya manuset, förmodar jag?

—Tack. Jag är lika nyfiken på den nya arbetsplatsen.

—Det är skönt att vi har lag och rätt kring manus. Sådant är tryggt.

—Ja, annars får man gå den juridiska vägen, sade Vaistina bestämt.

—Det var trevligt att träffas. Vi får ta och äta middag någon dag innan du åker i väg, sade Victoria.

—Absolut. Hör av dig till mig, så bokar vi in en tid.

De ger varandra en kram och går sedan åt varsitt håll. Vaistina sätter sig i bilen och noterar att det snöar mer nu än då hon åkte från bostaden. Nu hoppas hon enbart att hon lyckas ta sig hem snarast möjligt.

43

Enligt överenskommelse

I kväll har Vaistina bestämt sig för att dricka varm choklad. Hon kryper ner i soffan och börjar att gå igenom dokumenten som Danilo har givit henne. Varför ville Danilo att fallet skulle yrkas på mord? Vaistina letar efter sin mobiltelefon, men inser att den fortfarande ligger kvar i väskan. Hon plockar upp den ur väskan och ringer ett samtal.

—Vaistina, jag har väntat på ditt samtal, sade Edina.

—Har du tid att träffa mig i morgon?

—Absolut, kom till mig innan klockan 10:00.

—Tack. Vi ses i morgon. God natt, sade Vaistina.

Vaistina avslutar samtalet och fortsätter att gå igenom dokumenten. Till slut blir hon sömning och låter sig själv återigen somna i soffan. Nästa dag vaknar hon upp av att mobiltelefonen ringer. Klockan är 09:30.

—Edina, är allt okej?

—Var befinner du dig?

—Förlåt, jag glömde att ställa in ett alarm på väckarklockan, sade Vaistina.

Vaistina är besviken på sig själv. Hur kunde hon försova sig?

—Jag kommer att vara utanför din bostad om tio minuter, sade Edina.

—Okej, tack.

Vaistina hoppar upp ur soffan och rusar in i badrummet. Hon skvätter ansiktet med vatten och borstar tänderna fort. Hon kliver ut ur badrummet och sätter på sig sin kappa och sina ytterskor. Nu hinner hon inte tänkta på mycket mer. Ner ska hon, med snabba steg. Där nere står Edina enligt överenskommelse. Tio minuter har passerat.

—Jag är ledsen. Tack för att du kunde komma hit, sade Vaistina andfådd.

—Det är ingen fara. Har du något som du vill tala med mig om?

—Varför ville Danilo att hans mors död skulle yrkas på mord?

Edina tittar bort och försöker att undvika att möta Vaistina med blicken. Vaistina ser att Edina är obekväm.

—Kom vi kliver in i bilen, sade Edina.

Det har snöat under kvällen och natten. Vaistina noterar att hon fortfarande är klädd i sina nattkläder.

—Snygga pyjamas. Jag har sådana i ljusblått, sade Edina med ett leende på läpparna.

De båda skrattar.

—Edina, om du vet något som kan hjälpa mig att förstå situationen, då anser jag att du bör berätta det för mig.

—Jag vet inte varför Danilo uppfattade det på det viset. Du behöver tala med honom om det.

Vaistina tar ett djupt andetag och lutar sig tillbaka i sätet.
I samma stund ringer det i Edinas mobiltelefon. Det är
Avaz. Han ber henne att tala om för Vaistina att han och
Danilo behöver tala med henne.

—Det var Avaz. Han och Danilo kommer att hämta dig
klockan 12:00. Danilo vill visa dig något, sade Edina.

—Tack, för din tid, sade Vaistina.

De ger varandra en kram och Vaistina går tillbaka till sin
bostad.

44

Initialer

Klockan är 12:00 och Vaistina står utanför sin bostad. Fortfarande återfinns varken Danilo eller Avaz i närheten. Kommer de att dyka upp? Vaistina börjar att gå några steg ut mot gatan. En vit familjebil kommer körande mot henne. Hon stannar till. Danilo sitter i det främre passagerarsätet. Han kliver ut ur bilen och öppnar höger bakdörr. Vaistina sätter sig ner och Danilo stänger bildörren efter henne. På Vaistinas vänstra sida sitter en annan individ. Någon som hon inte har träffat tidigare.

—Det här är Jugoslav. Han kunde inte komma på middagen den där kvällen, sade Danilo.

Vaistina och Jugoslav hälsar på varandra.

—Vaistina, jag vill att du följer med till en plats. Det är något som jag vill visa dig, sade Danilo.

—Vad är det för plats?

—Oroa dig inte, det är inte långt att åka.

Under bilresan sker inte någon specifik kommunikation. Danilo och Avaz byter några få ord med varandra kring vädret och den nya bilen som Avaz har köpt. De kommer fram till ett fritidshusområde. Samtliga kliver ut ur bilen och börjar att gå mot ett stort fritidshus som befinner sig i mitten av området. Vaistina upplever att fritidshuset ser övergivet ut. De går upp för trapporna till entrédörren. Danilo plockar fram en nyckel och låser upp dörren. Vaistina tittar förvånat på honom. De kliver in genom dörren och fortsätter att gå genom hallen. De kommer fram till den stora salen och tittar sig omkring.

—Välkomna. Det var ett tag sedan sist, sade Danilo. Avaz ger Danilo en lätt klapp på axeln. Vaistina inser att Danilo har en koppling till fritidshuset. Fritidshuset är inrett med antika föremål. Det mesta är täckt med lakan, för att undvika damm. Det är många vackra tavlor i salen. Vaistina tar på en hylla och noterar att hyllan har hunnit samla på sig mycket damm. Hon nyser till. Danilo ler mot henne.

—Det här är min mors gamla fritidshus, sade Danilo. Vaistina beger sig in till köket och får sällskap av Danilo.

—Vill du hjälpa mig att söka efter ledtrådar?

—Ledtrådar? I din mors gamla fritidshus?

—Jag söker efter allt som kan ha något värde för processen.

—Vaistina öppnar både skåp och lådor. Inte ens hon själv är säker på vad hon letar efter.

—Din mor hade en vacker stil, sade Vaistina med ett leende.

—Hon var väldigt gammalmodig.

Efter en stund gör Avaz och Jugoslav dem sällskap i köket.

—Vi finner inget där borta. Har ni lyckats att finna något här inne? Jag är hungrig och törstig. Det här var inte detsamma som att spela med bollen direkt, sade Jugoslav.

—Vaistina, gissa hur Jugoslav fick sitt namn, sade Avaz.

—Vaistina ler mot Jugoslav och han bemöter henne med att skratta.

—Den här killen är precis vad han tilltalas vid, sade Danilo.

—Vaistina, jag beundrar ditt tålamod. Jag förstår inte hur du orkar med de här två, sade Jugoslav med en retfull ton i rösten.

—Hans släkt härstammar från alla delar i forna Jugoslavien, sade Avaz.

Vaistina ser fascinerat på Jugoslav.

—Stämmer det?

—Ja, min släkt ansåg väl att paprikan alltid var lite godare hos grannen, sade Jugoslav med en skämtsam ton i rösten.

I det ögonblicket brister alla ut i skratt. Vaistina noterar fort att Jugoslav är en lättsam och komisk individ. Vaistina ser att en bok återfinns stående i kökshyllan. Hon plockar ner boken från hyllan och är på väg att öppna den, när ett ljud plötsligt låter ute i hallen. Hon hoppar till en aning och kastar ifrån sig boken. Jugoslav plockar försiktigt fram en stekpanna ur skåpet och ställer sig intill köksingången. Avaz och Danilo ställer sig intill väggen. Vaistina tittar bort mot boken som nu ligger på golvet. Ett kuvert återfinns likaså nära boken. Hon börjar att gå några steg framåt, då Danilo tar henne i armen. Han ber henne att vänta. Han rör sig sakta mot hallen och inser att ingen är där. Danilo kommer tillbaka till köket och ger Avaz och Jugoslav ett tecken på att allt är i sin ordning. Vaistina kliver fram till kuvertet. I samma stund faller en kristall ner från kristallkronan som hänger i taket i den stora salen. Avaz stelnar till. Jugoslav och Danilo ställer sig intill honom.

—Såg ni?

Avaz ser förskräckt ut och lyckas inte röra på någon kroppsdel.

—Schhh! Var tysta, sade Vaistina.

Avaz gör en hel del grimaser. Vaistina har ryggen mot samtliga och kan inte följa deras interaktion. I samma stund faller en till kristall ner från kristallkronan.

—Broder, håll i mig. Jag mår inte bra, sade Avaz samtidigt som han kramar om Jugoslav.

Vaistina böjer sig ner och plockar upp kuvertet från golvet. Hon dammar av det och tittar på framsidan.

—Är det här något som du möjligtvis söker efter?

—Vad gör hon? Danilo, be henne att komma hit, sade Avaz.

Danilo kliver fram till Vaistina och tittar på kuvertet. Han noterar att det finns initialer på framsidan av kuvertet.

—Det är min mors initialer, sade Danilo.

—Ni två behöver hjälp. Kan vi bara för ett ögonblick uppmärksamma att saker faller ner på golvet kors och tvärs. Eller är det enbart jag som är klok här?

Vaistina och Danilo tittar mot Avaz och ler.

—Var försvann macho Avaz?

Vaistinas fråga får Avaz att reagera fort. Han rätar på ryggen och tar några steg framåt.

—Han är här. Han har inte försvunnit någonstans, sade Avaz.

Avaz börjar att visa upp sina försvarstekniker. Han rör sig fram och tillbaka, utan att se att de övriga har lämnat salen. Vaistina kommer tillbaka och ställer sig bakom honom. Efter en kort stund vänder sig Avaz om och skriker till.

—Är du färdig? Kom nu Avaz, sade Vaistina.

Vaistina går sakta bort mot entrédörren.

—Jag visste att du var där. Nu blev du rädd, sade Avaz.

Avaz noterar att en tavla har förändrat sin position i hallen.

—Varför hänger den här tavlan snett? Den hängde rakt upp när vi kom in. Vänta på mig!

Avaz springer ut genom entrédörren. Danilo låser och de beger sig ifrån platsen.

45

Gåta

Vaistina beundrar Adam för sin eleganta inredning i bostaden. Han berättar att han alltid har varit intresserad av konst.

—Killar, kan ni lämna oss en stund?

Trots de hektiska omständigheterna har Jugoslav alltid haft en förmåga att lätta på stämningen.

—Jag tänkte att du aldrig skulle fråga, sade Jugoslav med en retsam ton i rösten.

Vaistina och Danilo tittar på varandra. Någonstans förstår de båda vad Jugoslav egentligen försöker att initiera.

—Jag behöver tala med Vaistina om kuvertet, sade Danilo.

Jugoslav nickar och ler mot Danilo. Vaistina börjar att känna en form av svaghet i sin vänstra arm. Hon sätter sig ner i soffan i arbetsrummet.

—Är du okej?

—Det är bra, jag är nog enbart trött, sade Vaistina.

—Vill du öppna eller ska jag göra det?

—Jag förmodar att det är till dig. Du får gärna öppna kuvertet.

Danilo sätter sig bredvid Vaistina i soffan. Han är nervös och skakar i händerna. Danilo öppnar kuvertet och finner ett brev liggande på insidan. Han öppnar brevet och håller upp det, så att Vaistina också kan ta del av innehållet.

Som vi bäddar,
som vi går,
i vår koja det består,
ett, två och tre,
öppna dig du med.

M. M.

Vaistina vänder sig mot Danilo och han bemöter henne med blicken. Det är tyst i några sekunder. Danilo och Vaistina hör hur killarna kommunicerar med varandra i köket. Vaistina tittar sedan återigen på brevet.

—Är det något som låter bekant för dig?

—Det är min mor som har skrivit det här, sade Danilo.

—Texten är skriven i koder, sade Vaistina.

—En gåta? Tror du att hon försöker att säga mig något?

—Jag vet inte. Det är något som vi däremot behöver klura ut.

Vaistina reser sig upp och lägger ner brevet i sin väska.

—Jag ska titta närmare på brevet och dokumenten. Jag återkommer till dig, sade Vaistina.

Danilo tittar Vaistina rakt i ögonen. Han kan inte låta bli. Hennes energi är obeskrivlig. Inbillar han sig eller är hon verkligen där?

—Jag tar en taxi, sade Vaistina.

—Avaz kör dig. Han ska mot ditt håll.

Vaistina och Avaz lämnar bostaden och åker i väg från platsen. Under bilresan hem inser Vaistina att Danilo har många som bryr sig om honom. Han är åtminstone inte ensam. Fast det är han egentligen aldrig.

46

Förberedelse

Klockan är 21:30 och Vaistina sitter med dokumenten och brevet i sin soffa. Trots att hon inte är verksam på sin gamla arbetsplats längre, kan hon känna som att hon fortfarande är det. Vaistina ställer sig vid sitt balkongfönster. Hon ser att ett äldre par är ute och rastar sin hund. Vaistina har alltid varit en djurvän. När hon flyttar till den nya bostaden har hon bestämt sig för att inskaffa en kattunge. Hon lyfter på mobiltelefonen för att kontakta Edina.

—Hej Vaistina!

—Jag är ledsen för att jag ringer så här sent, sade Vaistina.

—Det är ingen fara. Är det något särskilt som du vill tala om?

—Jag behöver träffa Danilo i morgon.

—Jag talar om det för Avaz och meddelar dig inom kort.

—Tack. God natt.

—God natt, Vaistina, avslutade Edina.

Vaistina plockar ihop alla dokument och beger sig in till sovrummet. Samtidigt som hon byter om till sina nattkläder, mottar hon ett meddelande från Edina. Edina meddelar Vaistina att hon kommer att bli upphämtad med bil klockan 13:00 i morgon. Hon lägger sig i sängen och tittar upp i taket. Några minuter senare har hon somnat.

47

Armbandet

Nästa dag står Vaistina redo utanför sin bostad. En bil i nyansen olivgrönt kör upp intill henne. Hon ser att Jugoslav sitter i förarsätet. Vaistina sätter sig i bilen och de åker i väg från platsen. Jugoslav inleder en dialog med Vaistina.

—Danilo bad mig att hämta dig. Jag hoppas att det är okej, sade Jugoslav.

—Det går bra. Det var ett tag sedan jag såg en sådan här färg på en bil, sade Vaistina.

—Jag har alltid haft en svaghet för olivgrön färg. Den ger mig ro på något sätt. Sedan har jag en svaghet för kvinnor också, så det går ihop, sade Jugoslav med en skämtsam ton i rösten.

Konversationen leder till en bra stämning i bilen och de båda skrattar.

—Tack för att du hjälper Danilo, sade Jugoslav.

Vaistina blir tyst och Jugoslav får inte någon respons på det uttalandet. När de kommer fram, kliver Vaistina ut ur bilen. Jugoslav talar om för henne att han behöver åka vidare. Hon kliver in och åker upp med hissen. Utanför Adam Bergströms bostad hänger nu en julkrans på dörren. Hon knackar och den här gången är det Danilo som öppnar dörren. Han hälsar henne välkommen och ber henne att komma in. De sätter sig ner i vardagsrummet och börjar att gå igenom dokumenten tillsammans.

—Har du sovit något?

—Jag har sovit i över sju timmar, sade Vaistina.

—Du har fått tillbaka färgen i ansiktet, sade Danilo.

—Det är nog apelsinjuicen som har bidragit till det.

Danilo ger mot Vaistina och går sakta in till köket. Han kommer tillbaka med två kalla glas apelsinjuice i händerna.

—Tack, sade Vaistina.

Vaistina anstränger sig för att få innehållet i dokumenten att gå ihop med orden i brevet, men ingenting faller samman. Danilo ber Vaistina att ta en paus.

—Det är ett unikt armband som du har på handen, sade Danilo.

Vaistina tittar på sitt armband och tittar sedan på Danilo.

—Tack. Jag har ärvt det av min mor, sade Vaistina.

—Jag beklagar sorgen.

Vaistina tar ett djupt andetag och tar på sitt armband med den andra handen.

—Jag var rätt så ung när hon gick bort. Åtta år var jag då.

—Var det en naturlig bortgång?

—Hon gick bort i en sjukdom. Jag hade svårt att förstå det då, men Vasilije var äldre och kunde hantera det bättre än mig, sade Vaistina.

—Vasilije?

—Min bror, sade Vaistina.

—Jag upplever dig vara stark, sade Danilo.

Vaistina tittar Danilo rakt i ögonen och noterar att han är någorlunda nervös.

—Min far är inte densamma efter hennes bortgång. Han håller masken uppe, så att jag och Vasilije inte ska se hans smärta.

—Som barn kan det vara svårt att förstå vad föräldrar går igenom. Alla beslut som behöver fattas och den principen att behöva agera som vuxen. När man själv blir vuxen, inser man att de enbart vill skydda en från olika situationer, sade Danilo.

Vaistina känner en lättnad över att ha berättat för Danilo om sin mor.

—Är det initialer på armbandet?

—E. S. B. Esmeralda Seger Bogdanovic. Min mor fick armbandet som en gåva av min far på deras årsdag, sade Vaistina med ett leende på läpparna.

—Då har du även ett svenskt påbrå?

—Ja, det stämmer. När du rör ner alla ingredienser i grytan, rör om och låter det koka upp. Till slut får du en fantastisk rätt. Mitt påbrå är något i den stilen.

Danilo skrattar högt så att det låter i hela bostaden. Han beger sig in till köket för att värma upp mat till dem två.

—Smaklig måltid, sade Danilo.

Vaistina nickar och tackar Gud för maten. Danilo inser att Vaistina gör detsamma som hans mor alltid gjorde innan hon började att äta. Efter måltiden fortsätter de att studera brevet och dokumenten. Under ett ögonblick stannar Danilo till och lutar sig tillbaka i soffan. Han tittar på hur Vaistina bläddrar fram och tillbaka i dokumenten och läser upp orden för sig själv.

—Hur kommer det sig att du inte är gift?

Vaistina tittar upp mot Danilo och bemöter honom med blicken.

—För mig är äktenskap en institution. Det krävs att man har viljan att uppmärksamma och värna om den. För mig är det som att vattna blommor och växter. Om inte de får vatten då kommer de inte att överleva.

—Hur kommer det sig att du är singel?

Vaistina blir en aning förvånad över Danilos fråga. Hur kan han veta att hon är singel? Är det uppenbart?

—Balansen, sade Vaistina.

—Förlåt? Vill du utveckla?

—Jag har inte funnit balansen med någon ännu.

—Att kunna möta varandra halvvägs?

—Att kunna ta sig över på andra sidan vägen tillsammans. Varför är du singel?

Danilo tittar på Vaistina och ler.

—Jag behövde nog lära mig några läxor vad avser relationer. Jag var inte en trogen typ om jag ska uttrycka mig så. Därför slutade jag att ha relationer. Jag ville liksom…

Danilo stannar till och tar ett djupt andetag.

—Hitta dig själv?

—Ja, precis, sade Danilo.

Danilo reser sig upp från soffan och frågar Vaistina om hon vill ha en kopp te. Hon nickar och Danilo beger sig in till köket för att koka upp två koppar te. När han kommer tillbaka till vardagsrummet, har Vaistina somnat i soffan. Han väcker henne och ställer en kopp te på soffbordet framför henne.

—Vad är klockan?

—Klockan är 22:30, sade Danilo.

—Jag behöver åka hem, sade Vaistina stressat.

—Du kan sova här om du vill. Det är rätt så sent. Adam är på affärsresa och kommer hem i morgon eftermiddag.

—Tack, men jag tror att det är bäst att jag åker.

—Missförstå mig inte, jag kan be Jugoslav att köra hem dig. Jag tänkte att du skulle slippa besväret med att åka hem så här sent. Dessutom är det snöstorm utomhus.

Vaistina tar ett djupt andetag och plockar fram sin mobiltelefon ur väskan. Hon kontaktar sin far Bogdan och informerar honom om att hon inte kommer att sova hemma i kväll. Hon avslutar samtalet och tittar på Danilo med en intensiv blick.

—Du kan ta gästsovrummet som jag sover i, så tar jag soffan här i vardagsrummet, sade Danilo.

Danilo visar Vaistina in till gästsovrummet.

—God natt, sade Danilo.

—God natt, sade Vaistina.

Danilo lämnar Vaistina ensam i gästsovrummet och går tillbaka in till vardagsrummet. Efter några minuter ser Danilo att Vaistinas mobiltelefon fortfarande ligger kvar på soffbordet. Han plockar upp mobiltelefonen och går mot gästsovrummet. Han knackar försiktigt, men Vaistina svarar inte. Danilo öppnar dörren till gästsovrummet och ser att Vaistina redan har somnat. Han ställer mobiltelefonen på en hylla i gästsovrummet. Han stannar till i några sekunder och tittar på hur Vaistina sover. Hennes utstrålning får honom att känna något specifikt inombords. Under de här få sekunderna lyckas han drömma sig bort. Vaistina rör på sig i sängen och har lyckats skaka av sig täcket. Han kliver fram till henne och sätter på täcket återigen. I nästa stund lämnar han rummet och beger sig in till vardagsrummet för att sova.

48

Ett osäkert kort

Nästa morgon väcker Danilo Vaistina i gästsovrummet. I samma stund ringer det i hennes mobiltelefon. Det är Vasilije som kontaktar Vaistina.

—Vad är klockan?

—Klockan är 08:30. Jag har gjort frukost i köket, sade Danilo.

—08:30? Jag har en del ärenden, så jag behöver åka, sade Vaistina.

Vasilije fortsätter att ringa, men Vaistina ignorerar samtalen.

—Tänker du inte svara?

—Jag tar det senare.

Hon har alltid svarat när hennes bror har kontaktat henne. I vissa avseenden har hon behövt återkomma till honom. Vad gör hon? Varför väljer hon att ignorera hans samtal?

—Jag ringer efter en taxi till dig, sade Danilo.

—Tack, jag kommer snart.

Vaistina lämnar alla dokument och brevet hos Danilo. Hon ber honom att bevara dem på ett oåtkomligt ställe. De går ner till taxibilen som står utanför bostaden. Danilo vinkar av Vaistina och går tillbaka in till bostaden. På andra sidan gatan är Aleksa på väg ut genom en port och bevittnar återigen Vaistinas och Danilos interaktion. Han ser på hur Vaistina åker ifrån platsen med taxibilen. Han sätter sig sedan i sin egen bil och lämnar bostadsområdet. Vaistina går ut ur taxibilen i centrala Stockholm. Hon behöver gå till banken. Klockan är 14:30 och Adam Bergström är tillbaka från sin affärsresa. Han ber Danilo att komma ner till bilen, så att de kan åka i väg till Avaz. Avaz har bjudit över dem på middag. Danilo kliver ut genom entrédörren och går fram till bilen. I samma stund kliver en lång mörkhårig man ut ur en annan bil, som står parkerad några meter ifrån. Han kliver hastigt fram till Danilo. Danilo inser fort att mannen som kliver fram har en viss intention. Han intar en försvarsposition, men blir kraftigt ivägknuffad. Adam kliver i samma skede ut ur bilen.

—Håll dig borta från min syster!

Danilo är förvånad och förstår inte vad han talar om. Adam kliver fram till den mörkhåriga mannen och försöker att knuffa bort honom.

—Tala om för din vän att backa!

—Vem är du? Jag känner inte dig, sade Danilo.

—Håll dig borta från Vaistina, sade Vasilije med en bestämd ton i rösten.

Danilo och Adam blir mållösa. Hur ska Danilo reagera på det uttalandet? Vasilije sätter sig i sin bil och lämnar platsen fort. Danilo ber Adam att vänta på honom i bilen.

134

Han beger sig sedan in till bostaden igen för att hämta dokumenten och brevet. Efter att han har gjort det åker de i väg till Avaz. Danilo har delat med sig av händelsen till Avaz, som upplever att det här kan skapa problem för honom. Danilo bestämmer sig för att stanna hos Avaz den kvällen. Adam åker hem efter middagen. Efter ungefär två timmar får Avaz kännedom om att Adam har tagits in på förhör. Danilo blir hysterisk och slår med knytnäven i väggen. Edina väljer att kontakta Vaistina.

—Edina, är allt väl?

—Vaistina, Adam har tagits in på förhör.

—Vad menar du? När då?

—För någon stund sedan. Jag hämtar dig i morgon. Var redo klockan 07:00, sade Edina med en svag röst.

Edina avslutar samtalet utan att säga god natt eller något annat. Hon lät inte särskilt glad i telefonen. Var är Danilo nu?

49

Förtroende

Det är en kall och frisk vintermorgon. Vaistina står och väntar på Edina utanför sin bostad. Klockan är 07:11. Hon sitter nog i trafiken. Vaistina har enbart Danilo i tankarna. Var befinner han sig nu? Edina kör sakta upp intill Vaistina med bilen. Vaistina kliver in och sätter sig. Hon får ingen kram av Edina. Edina kör i väg innan Vaistina har hunnit att sätta på sig säkerhetsbältet. De kommer fram till Avaz och Edinas bostad och kliver in. Inne i vardagsrummet står Danilo, Avaz och Jugoslav.

—Lämna oss, sade Danilo.

Alla förutom Vaistina lämnar rummet. Vaistina ser att Danilo ser orolig och arg ut.

—Är allt väl med dig?

—Väl? Jag vet inte Vaistina, kanske du kan tala om det för mig, sade Danilo.

—Jag förstår inte vad du menar, sade Vaistina.

—Var det här din taktik?

—Min taktik? Vad talar du om?

—Adam har tagits in på förhör. Varför Vaistina? Berätta för mig, hur kommer det sig att det har blivit så?

—Jag vet inte.

—Ljug inte! Hör du vad jag säger? Sluta att spela dum, sade Danilo.

Danilo går fram och tillbaka i vardagsrummet. Någonstans försöker han att hålla tillbaka för att inte låta förbannad, men han lyckas inte att kontrollera sina känslor.

—Jag har inte talat med någon om din situation, sade Vaistina.

—Din bror konfronterade mig utanför Adams bostad i går. Du är precis som alla andra.

—Jag har inte talat med Vasilije om något.

—Lämna bostaden och kontakta inte Edina mer, sade Danilo.

Vaistina tittar på Danilo och tar ett djupt andetag. Hon känner sig ställd av Danilos ord.

—Jag kan se att du inte litar på mig. Jag önskar att du gjorde det, men du gör inte det. Ibland är det okej, för jag anser att vi lär oss att lita på andra individer. I vissa avseenden behöver vi enbart tid. Och den här gången hoppas jag endast att det inte kommer att vara för sent, sade Vaistina med gråtfyllda ögon.

Danilo ger inte henne någon respons. Hon vänder sig om och lämnar rummet. Samtliga i bostaden har kunnat ta del av konversationen, trots att de inte befann sig i rummet. Vaistina stannar till vid ytterdörren och tittar på Edina. Edina bemöter Vaistinas blick. Hon är skakad av konversationen mellan Vaistina och Danilo. Hon vet inte hurdant hon ska reagera. Vaistina lämnar bostaden och

ringer efter en taxi. Edina ställer sig vid sitt köksfönster
och tittar på hur Vaistina åker i väg.

50

Sista gången

Klockan är 18:00 och Vaistina får ingen ro i sin bostad. Hon har försökt att sova, men något hindrar henne. Hon har påverkats av Danilos ord. Varför litar han inte på henne? Vaistina kontaktar Vasilije, men får inget svar. Bogdan kliver in genom ytterdörren. Han tar av sig sina varmfodrade ytterskor och hänger av sig sin jacka. Han beger sig in till vardagsrummet där Vaistina står.

—Kära du, Är allt väl?

—Pappa, vet du varför Vasilije inte svarar när jag kontaktar honom?

—Jag minns att han skulle på något möte i dag. Har något allvarligt skett? Du ser orolig ut, sade Bogdan.

Vaistina hinner inte svara på Bogdans fråga, då det knackar på dörren. Det är någon som knackar högt. Bogdan blir förvånad och kliver fram till dörren. Han tittar i titthålet och ser att Vasilije står utanför. Han öppnar ytterdörren och Vasilije stormar in i bostaden.

—Var är hon?

—Vasilije, lugna ner dig. Vad är det frågan om?

—Pappa, lägg dig inte i det här, sade Vasilije raskt.
Han beger sig in till vardagsrummet och ser att Vaistina ser nervös ut.

—Lyssna på mig nu. Det är sista gången du har något att göra med den där killen. Hör du vad jag säger?!

—Du kan inte tala om för mig hur jag ska sköta mitt arbete, sade Vaistina.

—Arbete? Jag vill inte behöva upprepa det jag precis talade om för dig. Du har slutat på den arbetsplatsen, sade Vasilije.

—Vad har du sagt till Danilo?
Vasilije närmar sig Vaistina med arga ögon.

—Sista gången Vaistina.

—Nu lugnar ni ner er båda två, sade Bogdan.
Vasilije stormar ut genom ytterdörren. Han stänger ytterdörren efter sig och det låter ända ner till entrédörren.

—Nu lär mina grannar att reagera av det höga ljudet. Han har även lämnat fotspår efter sig på min matta med sina ytterskor, sade Vaistina.

—Vaistina, stämmer det att du har träffat Danilo?

—Pappa, jag har arbetat.

—Du behöver låta de ansvariga sköta ärendet. Du arbetar inte där längre.
Vaistina är alldeles tagen av situationen att hon till slut brister ut i tårar. Bogdan går sakta fram till henne och ger henne en kram.

—Älskade dotter, gå och lägg dig nu, så att du kan vila dig. Oroa dig inte, jag ska tala med Vasilije, sade Bogdan med en tröstande röst.

Vaistina beger sig in till sovrummet med tunga steg. Hon kryper ner i sängen och lägger sig på sidan. Hon tittar på sin mors fotografi som står på hyllan. Hur kunde det bli så här?

51

En förändring

Det har gått tre veckor sedan Vaistinas och Danilos sista möte. Vaistina har förberett det mesta inför flytten utomlands. De har bestämt att hennes far Bogdan ska stanna hos Vasilije de sista veckorna, innan hemresan tillbaka till Serbien äger rum. Det är julafton om tre dagar och Vaistina har slagit in julklappar till Vasilije och Bogdan. Vaistina har inte talat med sin bror sedan händelsen i hennes bostad. Hon inser att den här flytten kan komma att göra henne gott. I nästa stund ringer det i Vaistinas mobiltelefon.

—Vasilije, är allt okej med pappa?

—Han mår bra. Det är inte anledningen till att jag kontaktar dig, sade Vasilije.

—Vasilije, jag har inte tid att argumentera med dig just nu.

—Du tänker väl fira jul med mig och pappa?

—Jag har inte fått en inbjudan av dig.

—Jag vill att du träffar min nya flickvän, hon kommer också att fira jul tillsammans med oss.

—Gratulerar, det gläder mig.

—Pappa har redan börjat att göra en gästlista till bröllopet. De skrattar och inser fort hur mycket de har saknat varandra.

—Tack, jag firar gärna jul med er alla, sade Vaistina glatt.

Det blir tyst i några sekunder. Vaistina kan höra hur Vasilije pustar ut i mobiltelefonen.

—Vaistina, jag är ledsen för mitt utbrott sist, sade Vasilije.

—Jag är ledsen att jag inte förstod att du enbart ville mitt bästa.

—Vi ses på julafton. Glöm inte dina julkläder och min julklapp, sade Vasilije glatt.

Vaistina skrattar återigen och avslutar samtalet. Nu behöver hon inhandla en till julklapp till hans flickvän. Hon ställer ifrån sig mobiltelefonen och beger sig in till köket för att äta lunch. Hon hör att det återigen ringer i mobiltelefonen. Det är ett okänt nummer.

—Det är Vaistina.

—Vaistina, det är Edina. Kan vi träffas i dag?

—Jag vet inte om det är någon bra idé att vi gör det.

—Snälla, jag behöver tala med dig.

—Jag har ett ärende i stan. Vi kan träffas klockan 15:00.

—Tack, vi ses då.

Vaistina äter frukost och gör sig i ordning för att åka i väg. Det snöar utomhus och även solen tittar fram någorlunda. Det är en härlig vinterdag. Vaistina inhandlar en julklapp till Vasilijes flickvän. Hon fullbordar sitt ärende och beger sig till en park i närheten. Klockan är 15:03. Edin kontaktar Vaistina och talar om för henne att hon sitter i trafiken. Vaistina talar om för henne att komma till en park som ligger strax utanför ett stort köpcenter. Vaistina betraktar hur fåglarna lämnar små fotspår i snön. För inte så länge sedan var alla märken på marken synliga. I dag är den helt gömd av snön. Det är fascinerande hur fort vädret kan förändras och det är inget som man som individ har kontroll över. Hon reflekterar kring en hel del. I nästa stund kommer Edina gående mot henne. Edina kliver fram till Vaistina som tittar henne rakt i ögonen. Hon stannar till och tar ett djupt andetag.

—Får jag ge dig en kram?

Vaistina ser förvånat på Edina. Hon verkar bekymrad över något. Hur skulle hon inte kunna vara det? Danilo är fortfarande efterlyst. Vaistina nickar mot Edina och de ger varandra en kram.

—Är du okej?

—Jag vet inte. Det har skett en hel del på kort tid. Jag känner att jag drunknar i alla upplevelser, sade Edina.

—Vet Avaz om att du är här?

—Nej, jag har inte berättat det för någon. Det är bäst så.

Vaistina ser att Edina är vilsen och förtvivlad.

—Jag vet att du inte talade om något för din bror.

Vaistina är tyst och ger inte Edina någon respons.

—Danilo är inte sig själv längre, tillade Edina.

—Med tanke på situationen, förvånar det mig inte.

—Sedan du valde att gå din väg.

Vaistina tittar på Edina. Hon vet inte hur hon ska reagera på ett sådant uttalande.

—Du behöver inte säga något. Jag har sett Danilo i alla möjliga skick, men han har aldrig varit i ett sådant här skick.

Försöker hon att ge Vaistina skuldkänslor? Vaistina fortsätter att vara tyst. Hon vill säga något, men hon lyckas inte att få något sagt.

—Du kan nå mig på det här nya numret. Jag behöver åka nu. Tack för att du kom, sade Edina.

Edina ger Vaistina en kram och går i väg. Vaistina tittar upp mot himlen och låter snöflingorna falla i ansiktet. Efter några korta minuter lämnar hon platsen.

52

Tro

Nästa dag beger sig Vaistina till kyrkan. Det snöar inte i dag. Det är stillsamt. Vaistina stannar till utanför kyrkan och tar ett djupt andetag. Hennes mor Esmeralda fann sin ro här. Som liten brukade Vaistina betrakta sin mor när hon bad till Gud. Vaistina kliver in i kyrkan. Hon ser sig omkring och noterar att det är en hel del förberedelser inför jul. Hon går längst fram i kyrkorummet och ställer sig vid altaret. En präst kliver fram till Vaistina och hälsar henne välkommen. Prästen är bekant för Vaistina sedan barnsben. På något sätt har hon alltid kunnat lätta på sitt hjärta i kyrkan. Och här har alltid någon lyssnat på henne. Vaistinas känslor är oundvikliga. Plötsligt faller tårarna nedanför kinderna. Prästen finns där och tröstar Vaistina. I nästa stund lämnar prästen henne, så att hon kan få ha sin tid med Gud. Danilo har fått information om att Vaistina befinner sig i kyrkan. Han åker dit och ställer sig vid entrédörren. Han är klädd i en tjock vinterjacka och har luvan på. Danilo observerar Vaistina och ser att hon gråter. Kyrkoprästen finner Danilo stående vid entrédörren och ber honom att komma in. Danilo talar om för prästen att han väntar på någon. Vaistina vänder sig om och torkar sina tårar. I samma stund har Danilo hunnit vända ryggen mot henne. Hon tittar rakt fram och ser att en man står längst ut vid entrédörren. Hon kan inte se vem det är. Något känns underligt. Kan det vara...? Hon skakar på huvudet och beger si ut genom entrédörren. Vaistina tar tre djupa andetag och börjar att gå längs gatan. Nu känner hon en lättnad. Hon ska precis gå över gatan, då hon hör mobiltelefonen ringa i väskan. Hon stannar till och svarar. Det är hennes nya chef som kontaktar henne. Vaistina får reda på att mötet utomlands inte kommer att bli av, förrän efter det nya årets början. Hon behöver därav inte flytta innan nyår. Hur ska hon göra nu? Hon har ombokat sin flygbiljett och organiserat så att hon kan flytta tidigare. Vaistinas nya chef berättar att de kommer att stå för samtliga kostnader vad avser besväret. Hon avslutar samtalet och tittar upp mot himlen. Uppenbarligen ska hon inte flytta innan nyår.

53

Julafton

Det är julafton och Vaistina gör sig i ordning för att åka till sin bror Vasilije. Hela bostaden är dekorerad med juldetaljer. Vaistina har alltid uppskattat gammaldags julpynt. Hon kliver fram till ett änglaspel som står på hyllan i vardagsrummet. Hon tittar på hur värmeljusens låga får änglarna att spela och dansa. Det är hennes mors änglaspel. Hon tar ett djupt andetag och släcker ljusen. Hon går sedan bort till ytterdörren. På väg ut genom ytterdörren, kommer hon på att hon inte har tagit med sig julklappen som hon har inhandlad till Vasilijes flickvän. Hon går tillbaka för att hämta julklappen. I samma skede hör hon att det ringer på ytterdörren. Vaistina väntar inte på någon just nu. Det är julafton, vem kan det vara? Hon kliver fram till ytterdörren och tittar i titthålet. Där står ingen. Hon öppnar och ser ett mjukisdjur på golvet utanför ytterdörren. Det är en jultomte. Hon tittar sig omkring, men där är det tyst. Hon noterar att jultomten har ett julkort i sin säck. Hon plockar upp jultomten och stänger ytterdörren. Det här var en oväntad julklapp. Är det en julklapp? Hon läser julkortet. Där står ordet "Förlåt", undertecknat med initialerna D och M. Hon ställer jultomten under julgranen i vardagsrummet. Bör hon vara tacksam? Hon går tillbaka ut till hallen och lägger ner julklappen till Vasilijes flickvän i den stora julpåsen. Hon släcker lampan och lämnar bostaden. Under bilresan kan hon inte sluta att tänka på jultomten som står under julgranen. När hon kommer fram till Vasilijes bostad knackar hon på dörren. Några sekunder senare öppnar Vasilije dörren.

—Vaistina, jag funderade på om jag skulle skicka patruller efter dig, sade Vasilije med en retfull ton i rösten.

Och där var det två igen. Vaistina kliver fram till Vasilije och ger honom en kram.

—Kom in, du är säkert frusen.

Vaistina kliver in i bostaden och där möts hon av sin far. Bogdan har redan hunnit bli varm i kläderna. Han har hjälpt till att förbereda maten den här dagen.

—Kära Vaistina, vad roligt att du är här, sade Bogdan.

Bogdan ger Vaistina flera pussar på kinderna och kramar om henne hårt. I köket står Vasilijes flickvän och väntar på att få träffa Vaistina. Vaistina kliver fram till henne och ger henne en kram.

—Vaistina, jag har hört så mycket gott om dig, sade Dorotea.

Vaistina vänder sig mot Vasilije och ler.

—Nu förstår jag pappas gästlista, sade Vaistina.

—Gästlista? Jag verkar ha missat något, sade Dorotea med ett leende på läpparna.

—Det är något som jag och Vasilije talade om tidigare. Oroa dig inte över det, sade Vaistina.

—Kom nu kära ni, vi behöver äta, sade Bogdan.

De sätter sig vid middagsbordet och tackar Gud för maten och för familjens sammankomst den här julen. De äter middag och bekantar sig med varandra. Vasilije och Dorotea beger sig in till vardagsrummet, för att kontakta hennes familj. Det är första gången som Dorotea firar jul utan sin familj. Bogdan tittar på Vaistina och finner henne vara avslappnad och belåten.

—Det var ett tag sedan jag såg ett sådant leende på dina läppar, sade Bogdan.

—Jag är tacksam för er alla, sade Vaistina.

—Vet du att jag var överlycklig när du föddes. Jag är säker på att din mor tittar ner och är lika stolt över dig som jag är.

Det är tydligt att Bogdan saknar Vaistinas mor Esmeralda.

—Vaistina, Aleksa är en snäll kille. Han talade om för mig att han vill träffa dig någon dag. Åren går och jag blir enbart äldre.

—Pappa, du är i dina bästa år. Du sparkar boll bättre än vad Vasilije gör.

—Jag vill kunna sparka boll med mina barnbarn medan jag fortfarande kan göra det.

—Det är inget som man kan forcera.

—Gå ut med honom, så får du se. Han är inte så tokig, sade Bogdan med ett leende på läpparna.

—Vi får se. Jag har något att berätta. Jag flyttar inte förrän efter det nya årets början. Mötet är framflyttat, sade Vaistina.

—Vad glad jag blir. Det här är den bästa julklappen.

—Jag har inte hunnit tala om det för Vasilije heller.

Vasilije och Dorotea har haft ett ljuvligt samtal med hennes familj.

—Inte hunnit att tala om vad för Vasilije?

—Att jag inte ska flytta innan nyår.

—Okej. Då ska jag ta och räkna ut all ränta för det besväret. Nu behöver jag köpa en till julklapp till dig, sade Vasilije.

Vasilije har ett intressant skratt. Det går inte att låta bli att skratta med honom.

—Vasilije har berättat för mig att ni alltid firar jul två gånger om året, sade Dorotea.

—Det stämmer. Jag anser det vara en välsignelse att få göra det, sade Vaistina.

—Min familj önskar er alla en god jul och de hoppas på att få träffa er snart, sade Dorotea glatt.

Bogdan ger Dorotea en kram och nyper henne i kinderna. Vasilije och Vaistina kan inte hålla sig för skratt. För Vaistina har julen alltid fört med sig nya gåvor och i år har deras familj blivit större.

<h1 style="text-align:center">54</h1>

<h1 style="text-align:center">Tankeställare</h1>

Efter julfirandet med familjen befinner sig Vaistina återigen i sin egen bostad. Klockan är 18:18 och hon får ett underligt meddelande i mobiltelefonen. Det är någon som undrar om hon kan tala i några minuter. Det är inget mobilnummer som är bekant för henne. Hon väljer att inte svara på meddelandet. Hon gör sig i ordning för att träffa sin vän Victoria. Under deras korta möte utanför bokhandeln innan jul, fick de inte möjlighet att prata ut. I nästa stund får Vaistina ett samtal. Hon minns att meddelandet som hon fick för några minuter sedan innehåller samma sista siffror. Hon dubbelkontrollerar och inser att det är samma mobilnummer.

—Det är Vaistina.

—Vaistina, det är Jugoslav i telefonen. Jag hoppas att jag inte stör.

—Det är ingen fara. Var det något särskilt?

—Danilo vet inte att jag kontaktar dig. Jag tycker att ni två behöver tala med varandra. Det är tråkigt att behöva lämna saker på det viset.

—Jag förstår din intention, men jag gjorde enbart mitt jobb. Jag anser att det finns en mening med att allt blev som det blev, sade Vaistina övertygat.

—Om någons historia kan leda dig till sanningen, bör du undvika den då?

Vad ska hon svara nu? Har han en poäng med sin fråga? Vaistina pustar ut och är tyst i några sekunder.

—Jag ska flytta utomlands efter nyår. Det är andra som har hand om ärendet framöver.

—Jag förstår. Tack för din tid. Jag önskar dig en trevlig kväll, sade Jugoslav.

—Jag önskar dig detsamma.

De avslutar samtalet och Vaistina kliver fram till julgranen i vardagsrummet. Hon lyfter upp mjukisdjuret som befinner sig under julgranen. Det är en kramgo jultomte. Hon ställer sedan ner jultomten och beger sig mot ytterdörren. I kväll får det bli en varm vinterjacka. Det är elva minusgrader utomhus.

55

Gott nytt år

Det känns som att det var i går Vaistina planerade inför flytten utomlands. Den dagen är snart kommen. Tre dagar har passerat sedan det nya årets början. Vaistina firade nyår med familj och nära vänner. Hon tittar ut genom sitt sovrumsfönster och ser att snön har täckt allt som går att täcka utomhus. Barn åker pulka med sina föräldrar på innergården. Det är fascinerande vad olika årstider kan föra med sig. Hon behöver åka för att återigen inhandla julklappar. De här julklapparna är specifika för Vaistina. Hon gör sig i ordning för att åka i väg. Hon åker ner med hissen och kliver ut genom entrédörren. Den kalla vinterluften slår till i ansiktet omedelbart. Det ska bli intressant att få uppleva våren på den nya arbetsplatsen. Vaistina tar god tid på sig för att inhandla julklapparna. Efter att ha fullbordat samtliga ärenden, tar hon en promenad längs gatan i centrala Stockholm. Hon tittar på klockan och bestämmer sig för att åka tillbaka hem igen. Några timmar senare tittar hon på film i sitt vardagsrum. Klockan är 21:09. Plötsligt knackar det på dörren. Vaistina sänker tv:n. Hon lutar sig fram och tittar bort mot ytterdörren. Inbillar hon sig eller var det någon som knackade? Hon lutar sig tillbaka i soffan igen. Det hinner gå några sekunder innan hon hör att det knackar återigen. Hon ställer sig upp och går mot ytterdörren. Hon väntar inte besök i kväll. Vem kan det här vara? Hon tittar i titthålet och är förvånad. Det stämmer inte. Hon backar några steg. Det knackar återigen. Vaistina kliver fram till ytterdörren och öppnar.

—Vad gör du här?

—Jag vet att det är sent, sade Danilo.

Han tittar på Vaistina och beundrar hennes utstrålning. Hon inser fort att hon inte har knutit sin kimono, som hon har satt på sig över sitt nattlinne. Nervositeten får henne att agera snabbt. Danilo tittar bort mot sidan. Han tittar sedan på Vaistina igen och det blir tyst i några sekunder.

—Jag vet inte om det är en bra idé att du är här just nu, sade Vaistina.

—Jag är ledsen för det som hände sist.

—Jag anser att det finns en mening med allt som sker. Danilo upplever ett motstånd från Vaistinas håll.

—Du är inte som alla andra. Du är balansen för mig, sade Danilo generat.

Han möter Vaistina med blicken och vänder sig sedan om för att gå mot hissen. Hon stänger ytterdörren. Hon känner en viss känsla, men det går inte att beskriva vad det är för känsla. I nästa stund knackar det på dörren igen. Hon tittar i titthålet och öppnar dörren.

—Glömde du något?

Danilo enbart tittar på Vaistina. Han varken säger något eller rör på sig. Vaistina ställer sig vid sidan av ytterdörren och bemöter Danilo med blicken. Han kliver in i bostaden och hon stänger ytterdörren.

56

Oväntat

Klockan är 07:33. Vaistina vaknar upp av ett ljud. Det låter inte mycket, men det är tillräckligt för att få henne att reagera. Hon vänder sig om i sängen och ser att Danilo fortfarande sover. Hon lägger sig intill honom med huvudet på bröstkorgen. Danilo vaknar till.

—Du snarkar, sade Vaistina.

Danilo ler och ger henne en puss på huvudet.

—Du snarkar inte, sade Danilo.

Vaistina kan inte göra annat än att skratta. Danilo har verkligen humor. Även när han vaknar upp, får han henne att le.

—Jugoslav gav mig ett råd och fick mig att tänka till. Han talade om för mig att om inte jag agerar nu, då kommer du att försvinna ur mitt liv, utan att veta hur jag egentligen känner.

Vaistina tittar upp och ler mot Danilo. Hör hon verkligen honom tala om känslor? I nästa stund knackar det på dörren.

Det övergår fort till att låta högt. Nu bankar det i stället på dörren.

—Vaistina, öppna dörren!

Hon känner igen rösten, den är bekant för henne sedan en lång tid tillbaka.

—Släpp in oss, annars behöver vi bryta upp dörren!

Vaistina och Danilo hoppar upp ur sängen. Han sätter på sig sina byxor och letar efter övriga klädesplagg.

—De vet, sade Danilo.

—Jag löser det, stanna här, sade Vaistina.

Vaistina går fort mot ytterdörren. Hon tittar i titthålet och det bekräftar hennes tankar.

—Martin, vad är det frågan om?

Flera individer kliver in i bostaden. Hon är förtvivlad och panikslagen. De söker igenom bostaden. Vaistina rör sig bort till sovrummet tillsammans med Martin.

—Är det här verkligen nödvändigt? Martin, vad söker ni efter?

Martin närmar sig sovrummet och sätter handen på dörrhandtaget. Vaistina hindrar honom från att öppna.

—Vaistina, flytta på dig, sade Martin.

Martin knuffar bort Vaistina och öppnar dörren till sovrummet.

—Martin, vänta!

Vaistina kliver in och ser sig omkring. Martin och två andra individer söker igenom sovrummet. Martin noterar att sovrumsfönstret som står intill balkongen är öppet. Han tittar på Vaistina med en förbannad blick.

—Jag har varken bäddat sängen eller städat upp i sovrummet, sade Vaistina.

—Sluta, Vaistina!

—Vad är det frågan om? Ni rusar in i min bostad, utan att tala om för mig varför.

—Det är grönt, sade Martin.

Samtliga lämnar bostaden. Martin stannar till vid ytterdörren och tittar på Vaistina. Hon känner till den där blicken. Vaistina har arbetat med Martin i många år. Hon kan analysera hans drag nästan utantill. Martin lämnar sedan bostaden och åker ner med hissen. Vaistina stänger ytterdörren och springer in till sovrummet. Hon ser sig omkring och är fundersam. Hon går fram till fönstret och tittar ut. Vad inträffade precis?

57

Inget andrum

Vaistina har försökt att få tag på Edina i fem dagar sedan händelsen inträffade i hennes bostad. Vaistina har återigen firat jul med familjen. Bogdan, Vasilije och Dorotea har lämnat hennes bostad. Vaistina har inte berättat om händelsen för någon. Hon upplever att hon inte får något andrum. Hon är på väg att ställa in disk i diskmaskinen, då hon får ett samtal av Edina.

—Edina, jag har försökt att nå dig i flera dagar, sade Vaistina.

—Vaistina, jag hämtar dig i morgon. Var redo klockan 06:30, sade Edina fort.

De avslutar samtalet. Vaistina ställer in disk i diskmaskinen och beger sig in till badrummet för att ta en dusch. Hon låter vattnet rinna nedanför hela kroppen. Varför har Danilo inte försökt att kontakta henne? Hon stänger av duschen och kliver ut ur badrummet. Det är dags att plocka undan samtliga juldekorationer, men inte i kväll. I kväll vill hon enbart vila och återhämta sig. I morgon kan allt möjligt hända.

58

Familjefotografi

Klockan är 06:39 och Vaistina står utanför sin bostad. Edina har en tendens att komma för sent. Det har skett ett par gånger nu. Vaistina finner Edina ändå vara en individ som hon kan räkna med. Där kommer hon. Edina stannar till med bilen utanför Vaistinas bostad. Vaistina kliver in och sätter sig. De ger varandra en kram.

—Jag är glad att se dig igen, sade Edina.

—Detsamma. Varför har du inte svarat på mina samtal?

—Förlåt, men det var bäst så. Sätt fast säkerhetsbältet, vi behöver åka nu.

Under bilresan är det en nervös stämning.

—Edina, Danilo har inte…

Vaistina hinner inte avsluta meningen. Edina avbryter henne och möter henne med en varm blick.

—Han väntar på dig.

Någonstans är Vaistina medveten om att Edina har kännedom om vad som har skett. Hon väljer därav att inte ställa några andra frågor. De kommer fram till en villa. Det är en stor trädgård med många unika detaljer. Edina tar fram en nyckel och öppnar ytterdörren.

—Välkommen hem till mig och Avaz, sade Edina.

Vaistina tittar förvånat på Edina. Det här var en överraskning.

—Gratulerar till ert nya hem. Det gläder mig, sade Vaistina.

—Följ med in. De andra sitter och väntar på oss.

De kliver in och tar sig förbi den långa hallen. Inomhusmiljön är unik. Vaistina uppmärksammar att det är högt i tak. De kliver in i en stor sal och där sitter Danilo, Avaz, Jugoslav och Adam. De hälsar Vaistina välkommen. Vaistina gratulerar Avaz till den nya villan. Hon vänder sig sedan mot Danilo och tittar honom rakt i ögonen. De andra i salen kan känna av spänningen i luften.

—Tänk om man skulle skriva en berättelse om er två, sade Jugoslav.

Samtliga brister ut i skratt. Vid det här laget är alla vana vid att Jugoslav avbryter stämningen med en skämtsam kommentar. Sådant förvånar inte Vaistina längre.

—Vaistina, följ med mig in till köket, sade Danilo.

Vaistina och Danilo beger sig in till köket. De ställer sig vid köksbänken. Vaistina tittar runt och ler.

—Vilken fantastisk villa, sade Vaistina.

Danilo nickar och tar ett djupt andetag.

—Jag är ledsen för att jag inte har hört av mig under de senaste dagarna.

—Det är underligt. Ena sekunden är du där och andra inte.

—Jag har försökt att klura ut vad min mor vill säga med brevet. Det har inte gått så bra.

Deras konversation avbryts, då Vaistina får ett samtal. Det är Vasilijes flickvän Dorotea som kontaktar Vaistina.

Hon känner en obehaglig känsla i magen. Varför ringer Dorotea så här tidigt?

—Hej Dorotea!

—Det höga ljudet av skrik kommer Vaistina aldrig att glömma.

—Vaistina, hjälp mig!

Danilo tittar på Vaistina och ser att något inte stämmer.

—Dorotea, vad är det som har hänt? Var befinner du dig?

—Snälla, varför?

Vaistina börjar att skaka. Dorotea slutar inte att skrika. Några sekunder senare tar en individ telefonen ifrån Dorotea och ber Vaistina att komma till Vasilijes bostad omedelbart. Vaistina går med snabba steg till ytterdörren.

—Jugoslav kör dig, sade Danilo.

—Jag tar en taxi, sade Vaistina.

—Vad har hänt? Du ser skräckslagen ut Vaistina, sade Avaz.

—Jag kör henne, sade Edina.

Vaistina och Edina lämnar villan och åker mot Vasilijes bostad. Under hela bilresan försöker Edina att lugna ner Vaistina. När de kommer fram till bostadsområdet, är det flera individer utanför. Två ambulansbilar återfinns på plats. Vaistina kliver fort ut ur bilen. Edina följer med henne. När de kommer fram till entrédörren blir de förhindrade att ta sig in. Vaistina får reda på att det är Vasilijes bostad. Hon skriker högt att det är hennes brors bostad. De hänvisas sedan in. Doroteas skrik hörs ända ner till entrédörren. De åker upp med hissen och går försiktigt mot Vasilijes ytterdörr. Det är ett flertal utredningstekniker utanför bostaden. Vaistina kliver in i bostaden och ser sin far och bror ligga på golvet. Ibland klagar man på kylan. Ibland upplever man att det är för varmt. Ibland vill man inte äta hemlagad mat. Ibland förstår man inte varför familjen lägger sig i ens liv. Och ibland sker något som gör att det enda man har kvar är ett familjefotografi.

59

Ett sista hopp

Fyrtiofyra missade samtal från Edina. Klockan är 06:11 och Vaistina har varit vaken sedan 03:00. Hon sätter sig upp i sängen och tittar bort mot sovrumsfönstret. Hon behöver gå och slänga sopor. De har stått inne i tre dagar nu. Dorotea har flyttat tillbaka till sin familj. Alla minnen med Vasilije är smärtsamma för henne. Just nu och möjligtvis även i morgon. Tre veckor har passerat sedan begravningen ägde rum för Vasilije och Bogdan. Hon känner en viss smärta i det vänstra benet. Hon reser sig upp ur sängen och beger sig in till vardagsrummet. Vaistina ställer sig på vågen och inser att hon har gått ner fyra kilo. Hon tittar på sig själv i badrumsspegeln. Hon står där, men upplever sig själv inte vara närvarande. Vid det här laget skulle hon vara på sin nya arbetsplats. Hennes nya chef har varit förstående kring situationen och gett henne tid att återhämta sig. Hon skvätter ansiktet med kallt vatten och sätter på sig sin morgonrock. Hon åker ner med hissen och kliver ut genom entrédörren. Det blir kallt om fötterna fort. Hon tittar ner och ser att hon fortfarande har inomhustofflorna på sig. Hon går fram och tillbaka med snabba steg. Nu behöver hon en varm kopp te. Vaistina kliver in genom entrédörren igen och åker upp till sin bostad. Hon hör att mobiltelefonen ringer.

—Vaistina.

—Kära vän, jag har försökt att nå dig etthundra gånger, sade Edina.

—Fyrtiofyra innan det här samtalet, om jag ska vara exakt. Edina skrattar, men inte högt. Det är inte läge för det nu.

—Jag kommer och hämtar dig. Säg inte nej, sade Edina bestämt.

Vaistina är tyst. Vad bör hon ge henne för respons? Hon sitter själv i sin bostad. Det har hon gjort under de senaste tre veckorna.

—Jag är utanför din bostad om cirka fyrtio minuter, tillade Edina.

De avslutar samtalet och Vaistina gör sig i ordning. Det får bli varma sportkläder i dag. Hon är fortfarande kall om fötterna från snön utomhus. Fyrtio minuter har passerat och Vaistina står utanför sin bostadsbyggnad. I nästa ögonblick kör Edina in med bilen. Edina kliver ut ur bilen och går hastigt fram till Vaistina. Hon kramar om Vaistina hårt och noterar att hon står helt stilla. Edina släpper taget om Vaistina och tittar på henne med en sorgsen blick.

—Kliv in, jag har inhandlat chokladmuffins till oss två, sade Edina.

De sätter sig i bilen och Edina tar fram en påse med chokladmuffins. Det är något som Vaistina har funderat på sedan de avslutade samtalet.

—Edina, jag har en fråga till dig.

—Absolut, ställ den.

—Sa du kära vän, när vi talade med varandra den här morgonen?

Edina ler mot Vaistina och tar henne i handen.

—Du är min vän.

De äter upp sina chokladmuffins och åker sedan i väg. Under bilresan ber Vaistina Edina att stanna med bilen, då hon behöver kräkas. Edina tittar på henne med en orolig blick.

—Vaistina, vi bör nog besöka en läkare.

—Jag har kräkts upprepade gånger under den senaste veckan.

—Därav bör du få vård.

—Jag är inte mig själv sedan begravningen. Allt har nog byggts upp inombords.

—Om det här fortsätter kommer jag att köra dig till läkaren.

De fortsätter att åka och kommer till slut fram till Avaz och Edinas villa. Vaistina kliver in med tunga steg. Hon och Edina går sakta in i vardagsrummet och där står Danilo med ett antal individer. Han reser sig upp och tittar på henne. Några enstaka sekunder hinner passera, innan han går fram till henne och kramar om henne hårt. Vaistina förlorar kontrollen och brister ut i gråt. Han bär henne in till gästsovrummet och lägger henne på sängen. Danilo sätter sig intill henne och observerar hur hon sakta somnar. Två timmar senare vaknar Vaistina och slår upp ögonen. Hon ser sig omkring och noterar att hon inte befinner sig i sin egen bostad. I samma stund kliver Danilo in genom dörren med en bricka i händerna.

—Jag har lunch till dig. De andra äter i köket, sade Danilo.

—Tack, sade Vaistina med en svag röst.

—Du behöver få i dig mat, annars lär du bli svagare.

—Jag har tappat några kilo sedan begravningen ägde rum.

Danilo ger Vaistina en puss på huvudet. Han noterar att hon äter fort. Det är nog hungern.

—Vill du ha mer?

—Tack, jag är mätt nu.

Danilo tar ett djupt andetag och samlar styrka för att be Vaistina om ursäkt.

—Förlåt, sade Danilo nervöst.

—Det är inte ditt fel.

—Hur kan du säga så?

—Jag upplever inte att det var din avsikt att det skulle bli så här.

—När jag var liten, då satt min mors bästa väninna barnvakt åt mig vid flera tillfällen. Vi brukade alltid bygga en koja inomhus. Vi hängde upp lakan och använde oss av kuddar som redskap. Hon bodde i en bostad ovanför oss. Jag var…

Danilo avslutar inte hela meningen. Han pustar ut och tittar på Vaistina. Plötsligt blir Vaistina fundersam och han uppmärksammar att hon reflekterar kring något.

—Danilo, hämta brevet, sade Vaistina.

—Varför det?

—Hämta brevet, fort.

Danilo plockar fram brevet och ger det till Vaistina.

—Ni byggde koja, inte sant?

—Ja, det stämmer.

—Ser du vad som står här? I vår koja det består.

Danilo tittar häpnat på Vaistina. Hur kunde han missa det?

—Får jag se på din nyckel som hänger på halsbandskedjan?

Danilo tar försiktigt fram sitt halsband.

—Vilken våning bodde hon på?

—Tre, sade Danilo.

—Ett, två och tre, sade Vaistina.

—Hur?

—Vi behöver åka till din mors bästa väninna omedelbart.

De talar om för samtliga att de behöver åka till Danilos mors väninna och beger sig mot ytterdörren. Danilo ber Jugoslav att följa med. De sätter sig i bilen och åker i väg. När de kommer fram till bostadsområdet kliver de fort in genom porten. De tar sig upp via trapporna till våning tre, går fram till ytterdörren och knackar på.

—Danilo, kära son, sade Mirna.

Danilo kliver fram till Mirna och ger henne en kram. Han blir nästan som ett barn igen.

—Jag letar efter en sak. Får vi komma in?

Mirna är skeptisk och orolig. Hon låter de slutligen få komma in.

Vaistina spiller ingen tid och är snabb med att ställa frågor.

—Var brukade ni bygga er koja?

—I det rummet, sade Danilo.

De kliver in och Vaistina ber Danilo och Jugoslav att söka efter någon del i rummet som ser ovanlig ut. Det går ett tag och de lyckas inte finna några spår. Vaistina sätter sig ner på parkettgolvet och noterar att det är en sliten del mittemot henne. Hon förflyttar sig närmare området och ser att parkettgolvet sjunker in på en sida.

Hon trycker med handen och uppmärksammar att det går att lyfta på den sidan.

—Kom hit och hjälp mig, sade Vaistina.

Danilo och Jugoslav hjälper henne att lyfta på ena sidan av parkettgolvet. Där inne ligger en liten förvaringslåda i stål. Vaistina plockar upp den och ber Danilo att ge henne hans halsband. Hon sätter in nyckeln och vrider på låset.

—Ett, två och tre. Öppna dig du med, sade Vaistina.

Hon öppnar förvaringslådan och tittar på Danilo. Innehållet är inget som Danilo hade förväntat sig att se. Eller var han inställd på att han skulle finna de här spåren? Vaistina stänger förvaringslådan. De städar upp efter sig i rummet och går bort mot ytterdörren. Mirna smeker Danilo i ansiktet med handen. Hon vill inte släppa honom. Några minuter senare lämnar de bostaden.

60

I sanningens namn

Vaistina och Danilo går igenom materialet. Hon fokuserar på samtliga detaljer.

—Är det möjligt? Jag har drömt om det här, sade Vaistina.

—Vad menar du?

—Innan vi träffades, Danilo.

—Jag förstår inte riktigt.

—Glöm det.

Nu förstod hon. Danilos mor hade kännedom om allt. Varför?

—Din far?

—Jag valde att byta till min mors efternamn efter deras skilsmässa. Han ville inte veta av mig, sade Danilo.

—Danilo, vem är mannen med tatueringen?

Danilo tar ett djupt andetag och tittar på Vaistina. Han upplever att han har gjort henne besviken. Om han enbart hade berättat det tidigare, då hade nog situationen varit annorlunda nu.

—Danilo, svara mig, sade Vaistina högt.

—Min bror, sade Danilo.

Han talade inte om något för henne. Vaistina ser förtvivlad ut. Hon försöker att säga något, men hon vet inte hur hon ska uttrycka sig. Bör hon vara arg? Bör hon ha förståelse för honom? Det är endast frågor som hon kan tänka på, men hon finner inga svar.

—Hur kunde du vara tyst om det här? Förstår du vad det här innebär?

—Du behöver lyssna på mig. Jag var inte säker på att de låg bakom det, sade Danilo.

—Varför? Danilo, du behöver börja tala nu.

—Jag och min bror har både serbiskt och kroatiskt påbrå. När de skildes valde min bror att bo med min far och jag stannade med min mor.

Vaistina har aldrig sett Danilo vara sårbar på det här viset. Han bär på en hel del smärta. Och att inte kunna tala om det gör det hela enbart värre.

—När jag var yngre, upplevde jag att jag behövde byta dialekt konstant, sade Danilo med darrande röst.

Vaistina kliver fram till Danilo och kramar om honom hårt. Han känner att det finns en mening med att han träffade just henne.

—Min mor tappade ett halsband innan hon gick bort. Det hängde en specifik medaljong på den halsbandskedjan. Jag har letat i hela fritidshuset, men har fortfarande inte lyckats finna den.

Vaistina behöver kräkas igen och lånar därav toaletten. Danilo ser bekymrat på henne.

—Jag har talat om för henne att hon behöver åka till läkaren, sade Edina.

—Edina, kan du följa med henne?

Edina ler mot Danilo och ger honom en lätt klapp på axeln.

—Absolut, jag kör henne till läkaren, sade Edina.

Vaistina kliver ut ur toaletten och ser att Edina och Danilo har en dialog med varandra.

—Edina, kan jag få ett glas vatten?

—Är du okej? Kom, jag har frukt i kylskåpet, sade Edina.

—Edina följer med dig till läkaren. Vaistina, kan du lova mig att du inte åker någonstans utan att jag vet om det?

Vaistina dricker upp vattnet i det stora glaset. Två mandariner får duga. Hon inser att hon behöver åka för att besöka läkaren.

—Jag tar en taxi. Vi hörs senare, sade Vaistina.

Hon minns att hennes väska fortfarande står kvar i gästsovrummet hos Avaz och Edina. Hon går dit för att hämta den. På nattduksbordet intill den stora sängen, ser hon att Danilo har ställt nycklarna till hans mors gamla fritidshus. Hon plockar upp nycklarna och lägger ner de i väskan.

—Taxibilen är här, sade Avaz.

—Ska du verkligen åka själv? Jag kan följa med dig, sade Edina.

—Det blir bäst så. Jag hör av mig när jag är hemma, sade Vaistina.

Vaistina kliver in i taxibilen och lämnar området. Hon ber chauffören att köra henne till Danilos mors gamla bostadsområde. När hon kommer fram, kliver hon ut ur taxibilen och tackar för en trevlig service. Hon plockar fram nycklarna och låser upp. Hon kliver sakta in i fritidshuset och börjar omedelbart att söka efter Danilos mors halsband. Efter ett tag stannar hon till. Hon känner sig svimfärdig och lutar sig därför mot fönstret i den stora salen. Hon hör ett märkligt ljud och återgår sakta till sin tidigare position. Vaistina andas ut när hon ser att en fågel rör sig fram och tillbaka på altanen. Hon låter tankarna flöda en aning. I nästa stund känner hon att pulsen stiger fort.

—Är det den här du söker efter?

Vaistina tittar på fågeln och vänder sig sedan långsamt om mot den talande rösten.

—Vaistina, det är trevligt att äntligen få träffa dig. Matija, jag är Danilos bror. Det har du nog förstått vid det här laget.

Matija låter deras mors halsband gunga fram och tillbaka runt pekfingret.

—Vaistina, du har något som tillhör mig, sade Matija med en mörk ton i rösten.

—Varför har du din mors halsband?

—Jag tror inte att det är läge för dig att ifrågasätta mig just nu.

—Luka Kocic fick ett uppdrag.

—Och han sade till henne, Vaistina, Vaistina, se dig nu omkring. Du har löst gåtan.

Matija slutar att gunga på halsbandet. Han tar fram en revolver och riktar den mot Vaistina.

—Ge mig materialet!

Vaistina hör sig själv skrika inombords. Gud, hjälp mig! Mamma, hör du mig? I nästa stund kliver Danilo in i salen. Matija drar Vaistina intill sin kropp.

—Ser man på. Det var ett tag sedan vi hade en familjeträff, sade Matija med en retfull ton i rösten.

—Släpp henne! Det här är mellan dig och mig, sade Danilo högt.

—Hon är vacker, det kan jag medge.
Matija ger Vaistina en puss på kinden. Danilo blir ilsken och närmar sig dem båda.

—Danilo, backa, sade Matija fort.
Han trycker Vaistina närmare sin egen kropp och håller revolvern mot hennes huvud. Hur kunde det gå så här långt? Danilo och Matija skriker på varandra. Det är en intensiv stämning.

—Det räcker! Sluta båda två, sade Vaistina.
Det blir tyst i några sekunder. Danilo tittar Vaistina rakt i ögonen. Matija observerar deras rörelser och kommunikation.

—Sluta att förnedra varandra. Matija, jag anser inte att din mor födde dig för att du ska gå runt och vara negativ. Danilo, du blir inte mindre skyldig, när du uttrycker dig med de orden som du uttrycker dig med.

—Bravo Vaistina, vilket tal. Danilo, nu förstår jag varför det blev hon, sade Matija.

—Matija, släpp henne!
Vaistina andas högt. Det är nästan som att hon har sprungit ett helt maraton. Jag räknar till tio, talar hon om för sig själv. Ett, två, tre, fyra, fem, sex, sju, åtta, nio och tio. Vaistina trampar kraftigt med foten på Matijas fot. Han skriker till och förlorar kontrollen. Hon slår till med armbågen i magen och Matija hukar sig sakta ner mot golvet. Revolvern har hamnat på andra sidan och Danilo lyfter upp den. Han riktar den mot Matija som nu står på

knäna. Vaistina ser ilskan i Danilos ögon och ställer sig
framför Matija.

—Danilo, gör det inte!

—Vaistina, flytta på dig, sade Danilo.

—Snälla, släpp vapnet.

—Flytta på dig!

Hon börjar att gå mot Danilo och i samma ögonblick är
det ett flertal röster som låter.

—Släpp era vapen och lägg er på golvet!

Vaistina tittar på Danilo. Han gjorde det inte. Det var inte
han. Frågor har nu äntligen fått svar. I nästa stund faller
Vaistina på golvet. Det enda som låter nu är Danilos
skrik.

—Vaistina!

61

För evigt

Efter nio dagar är Vaistina nu utskriven från sjukhuset. Danilo och Vaistina har bestämt att han ska bo hos henne, innan de flyttar in i Danilos mors gamla fritidshus. Vaistina har fått möjligheten att arbeta på distans på den nya arbetsplatsen. Han kliver in genom ytterdörren och ser henne sova i vardagsrummet. Han går försiktigt fram till henne och sätter sig intill henne i soffan. Vaistina vaknar och gnuggar sig i ögonen. Danilo har inhandlat två presenter till henne.

—Vilket fint mjukisdjur. Söta öron, sade Vaistina.
Danilo ler åt hennes barnsliga sida. Ibland fångar han sig själv vara lika barnslig.

—Vad har vi här då? Danilo, det är som min mors armband, sade Vaistina förvånat.

—Jag hjälper dig att sätta på den.
Vaistina tittar på Danilo med kärleksfulla ögon. Tänk att han gjorde det här för henne.

—Bokstäverna V och B har jag kännedom om. Vad står bokstaven M för?

—Milojkovic, sade Danilo glatt.

Vaistina tittar förvånat på Danilo. Hörde hon rätt?

—Om du vill det.

Vaistina nästan kastar sig i Danilos famn. Hon kramar om honom hårt.

—Vaistina, jag vet inte om jag är redo. Hur ska jag klara av allt det här?

Vaistina sätter en hand på Danilos bröstkorg. Hon försöker att känna hur hjärtat slår.

—Jag finns här. Vi gör det här tillsammans, sade Vaistina.

Vaistina lägger sig återigen ner för att vila i soffan. Snart flyttar hon härifrån. I produktioner hör man tre, två, ett och tagning. I böcker, kära läsare, vänder man på nästa blad och där finner man ett nytt kapitel. Var är vi nu? Danilo plockar ner de sista fotografierna som står på den elektriska braskaminen i den stora salen. Den nya köparen kliver sakta in i fritidshuset. Paret Johannesson har bestämt sig för en ny start.

—Danilo, hoppas att vi inte kommer olägligt, sade Johannes.

—Absolut inte, kliv in, sade Danilo.

—Vilka härliga fotografier, sade Kristina.

—Tack, sade Danilo.

Danilo plockar fram nycklarna till fritidshuset och överlämnar de till paret.

—Hur kommer det sig att ni säljer fritidshuset?

—Det har gått tre år nu. Det är dags att skapa nya minnen, sade Danilo.

—Vi kliver ut till altanen, så får du avsluta här, sade Kristina.

—Lycka till och gratulerar till ert nya hem, sade Danilo. Paret Johannesson beger sig ut till altanen. I samma stund hör Danilo små springande fotsteg.

—Pappa!

Han kan inte göra annat än att le. Han är medveten om att det är dags. Danilo plockar ner det sista fotografiet och går mot hallen. Där bemöts han av ett leende.

—Kom, nu åker vi till mamma, sade Danilo.

De beger sig ut genom entrédörren och kliver in i bilen. När de kommer fram till området står de andra och väntar. De går sakta mot Vaistina. Det är en varm sommardag. En tystnad, en familj och livet efter.

—Grattis på födelsedagen, sade Danilo.

Vaistina Bogdanovic Milojkovic, evigt älskad mor, fru och vän. De små händerna släpper i väg en ballong upp till himlen. Efter en tid lämnar samtliga kyrkogården.

—Lova att ni kommer och hälsar på, sade Edina.

—Det kan ni alltid räkna med, sade Danilo.

Danilo kör i väg med bilen. Han stannar till lite längre fram och vänder sig om mot baksätet.

—Innan vi reser i väg, vad säger du om lite glass?

Det lilla leendet ser Danilo som botemedel för det mesta. Det leendet förklarar allt.

—Glass får det bli, sade Danilo.

62

Slutord

Min mor Vaistina bar mig i nio månader, för att kunna skydda mig för evigt. Jag har en uppfattning om att många inte känner till sjukdomen Amyotrofisk lateralskleros (ALS). För mig är den här sjukdomen tydlig. Min far Danilo älskade min mor. Många har berättat för mig att jag är rätt så lik henne. Envis, lekfull och tyst när jag blir upprörd. Jag tycker att jag har alla mina mors gener. Ta inte illa vid pappa. Min mor är min hjälte och jag kommer att göra henne stolt så länge jag lever. Min mor gav mig ett liv, så att jag ska kunna ge er den här boken. Jag är min fars ögonsten. Jag är min mors dotter. Min mor är min solstråle från ovan.